Die magische Feder – Band 1

*Für Alfio, Irmgard, meine Familie und ganz besonders
widme ich die Geschichte meinem Opa †2009*

Anna Matheis

Die magische Feder

Band I

Bibliografische Information der Deutschen Nationalbibliothek:
Die Deutsche Nationalbibliothek verzeichnet diese Publikation
in der Deutschen Nationalbibliografie; detaillierte bibliografische
Daten sind im Internet über dnb.d-nb.de abrufbar.

TWENTYSIX – der Self-Publishing-Verlag
Eine Kooperation zwischen der Verlagsgruppe Random House und
BoD – Books on Demand
© 2018 Anna Matheis
**Grafik: andreiuc88/Christos Georghiou/Carlos Amarillo/
Milissa4like/Shutterstock.com**
Coverdesign, Satz, Herstellung und Verlag:
BoD – Books on Demand, Norderstedt
ISBN 978-3-7407-3537-1

1. Kapitel

PENG

An jenem Morgen wurde ich schlagartig aus dem Tiefschlaf gerissen. Ein lauter Knall ließ mich hochschrecken, sodass ich mich kerzengerade und hellwach in meinem Bett aufsetzte. War das ein Schuss? Und wenn ja, wer hatte geschossen und auf wen? Wenn es einen Toten gab, musste es sich um jemanden aus der direkten Nachbarschaft handeln, denn das Geräusch kam aus unmittelbarer Nähe. Ein kalter Schauer jagte mir bei diesem Gedanken über den Rücken. Nie war es mir bisher in den Sinn gekommen, dass in unserem heimeligen, malerischen kleinen Dorf, in dem es mehr Kühe als Einwohner gab, so etwas Grausames passieren könnte. Ich war überzeugt, wenn es noch Frieden gab, dann hier auf diesem Fleck der Erde. Obwohl mir der Schrecken tief in den Gliedern steckte, schlüpfte ich aus meinem Bett und öffnete mit pochendem Herzen die Balkontüre. Zitternd ging ich ins Freie und hielt mich am Geländer fest. Es war ungewöhnlich still. Ich machte mich auf das Schlimmste gefasst. Da ging im Nebenzimmer die zweite Balkontüre auf und meine Mama quetschte sich seitwärts mit einem übervollen Wäschekorb hindurch.

»Helena?« Mit zusammengekniffenen Augenbrauen sah sie an mir herab. »Wieso stehst du im Nachthemd hier draußen? Das ...«

Ich unterbrach sie aufgeregt. »Hast du das gehört?«

In aller Seelenruhe stellte sie erstmal ihren Wäschekorb auf dem Boden ab und nahm ein Kleidungsstück raus.

»Was soll ich gehört haben?«

»Den Schuss!«, antwortete ich ihr ungeduldig.

»Ach, den meinst du«, erwiderte sie in einem beiläufigen

Ton, als handelte es sich um etwas Alltägliches. Gelassen nahm sie eine Wäscheklammer in den Mund, damit sie beide Hände für das nächste Teil freihatte. Fassungslos starrte ich sie an. Wie konnte sie in dieser Extremsituation so unbekümmert an ihre Wäsche denken?

»Und?«, drängte ich.

»Was und?« Sie bückte sich und nahm ein T-Shirt aus dem Korb.

»Mama! Sag mir endlich, was hier los ist!«

Ob es an der Panik in meiner Stimme lag oder daran, dass sie wieder ihre Ruhe haben wollte, wusste ich nicht. Jedenfalls sah sie mich nun an.

»Mei, was soll schon gewesen sein? Der Papa war's und irgendwie auch der Opa Franz.«

Als wäre das Erklärung genug, strich sie das Fußballtrikot meines jüngeren Bruders Felix mit einer Hand glatt und setzte noch hinzu, dass sie es sich nochmal überlegen würde, ob nicht mein Onkel Leopold besser ohne mich nach Italien zurückfahren sollte, wenn ich so übernächtigt und schlecht gelaunt war. Ich verdrehte die Augen.

»Zefix! Was ist mit dem Papa und dem Opa?«

»Schrei mich nicht so an! Ich habe jetzt eigentlich überhaupt keine Zeit! Ich muss deine Schwester noch zum Kieferorthopäden fahren, einen Kuchen backen für …«

Seufzend ließ sie das Trikot sinken und ich erfuhr schließlich, was los war. Der Opa, der im alten Bauernhaus neben uns wohnt, hatte letzten Sonntag auf dem Schützenfest fünf Brieftauben gewonnen. Der Papa war strikt dagegen, dass sein Vater diesen Preis annahm, doch der Opa ließ sich nicht beirren und nahm stolz alle Tiere mit nach Hause.

»Wehe, ich sehe die blöden Viecher einmal bei mir drüben!«, drohte mein Vater.

Doch der Opa winkte ab und meinte, dass sich da schon keine Taube zu uns rüber verirren würde. Eifrig baute der Opa noch am selben Tag einen Taubenschlag auf dem Scheunendach. Aber den Tauben gefiel es, aus welchem Grund auch immer, bei uns in der Dachnische am besten. Zum Ärger beider Parteien. Die ganze Woche schimpfte der Papa deswegen. Als er heute Morgen die Zeitung aus dem Briefkasten holen wollte, schiss ihm eine Taube auf den Kopf. Seine Wut kannte keine Grenzen und er rannte in den Keller. Die Mama erzählte, dass er einen übrig gebliebenen Silvesterböller dabeihatte, als er wieder rauskam. Ohne zu zögern, zündete er ihn an und warf ihn zu den »Drecksviechern« empor. Die überraschten Tiere flogen daraufhin aufgeregt vom Hof. Scheinbar hatte der Opa völlig entsetzt von seinem Fenster aus alles beobachtet. Als er mit hochrotem Gesicht zu seinem Sohn preschte, suchte die Mama das Weite.

»Heute habe ich keine Nerven für einen Streit zwischen den zwei Ochsen ...«

Ich atmete tief aus. Oh Gott, ich war so erleichtert, weil es kein Blutbad gegeben hatte. Während ich gespannt der Geschichte lauschte, wusste ich jedoch nicht, ob ich über das Verhalten vom Papa lachen oder schockiert sein sollte. Zugegeben, innerlich musste ich schon ein wenig schmunzeln.

»Hallo. Helena?« Händewedelnd stand die Mama vor mir.

»Hast du deine Koffer fertig gepackt?«

Ich nickte. Nachdenklich ließ ich vom Balkon aus den Blick über die vertraute Umgebung schweifen. Die wenigen Häuser, deren Bewohner ich samt ihrer Familiengeschichte persönlich kannte. Sowohl die von den Zweibeinern als auch teilweise von den Vierbeinern. Die weitflächigen saftig grünen Wiesen, auf denen mitunter Kuhherden, Pferde,

Ziegen oder Schafe gemütlich grasten oder lagerten. Eine Straße, auf der pro Stunde im Schnitt ein Auto fuhr, und in der Ferne das abschließende imposante Bergpanorama. Beinahe perfekt machte diesen Moment der Duft von Sommerregen, der schon seit Tagen in der Luft lag. Gedämpftes Grollen und die verfärbten Wolken verrieten, dass es nicht mehr lange dauern konnte, bis der herrliche Geruch wieder aufgefrischt werden würde. Ja, hier war die Welt noch in Ordnung und ich wusste, dass mir das alles fehlen würde. Sieht man von einem Zeltlager am nahegelegenen bayerischen Walchensee und einem Skiurlaub in dem ebenfalls nicht weit entfernten Österreich ab, war ich noch nie lange und weit von daheim weg.

»Weißt du bereits, wann Leopold losfahren will?«, fragte ich die Mama. Ihr Blick verfinsterte sich, sie warf einen Blick auf ihre Armbanduhr und antwortete kühl.

»Er wollte noch etwas in Wolfratshausen erledigen und am späten Vormittag abfahren, damit ihr gegen Abend in Villa Anna ankommt. Ich denke, in zwei Stunden sollte er wieder hier sein.«

»Okay, dann mache ich mich fertig«, sagte ich und ignorierte den Missmut, mit dem sie auf die Frage nach Leopold reagiert hatte.

Die nächsten Stunden vergingen wie im Flug. Ich frühstückte, duschte, verstaute die letzten Utensilien in meinem Gepäck und hinterließ mein kuschliges Zimmer mit der Dachschräge so, dass es sauber und ordentlich war. Anschließend forderten mich meine jüngeren Geschwister Felix und Kathi auf, in einer aufwändigeren Prozedur ein Abschiedsgeschenk zu suchen. Mit Hilfe einer eigens von ihnen entworfenen Schatzkarte gelangte ich zu einer Kiste, die im Sandkasten vergraben war. Als ich sie öffnete, fielen mir schön geformte Steine entgegen, die mein Bruder gesammelt hatte. Außerdem befand sich ein Bild von uns dreien in der Kiste, das meine Schwester mit Buntstiften gemalt hatte. Zugegeben, als es mir eine gefühlte Ewigkeit nicht gelang, die Karte zu entschlüsseln, war ich von der Aktion wenig begeistert, doch am Ende war ich ziemlich gerührt. Als mir bewusst wurde, wie nah der bevorstehende Abschied heranrückte, bog auch schon Leopold hupend mit seinem Wagen in die Einfahrt. Mein Papa lud gemeinsam mit seinem Bruder die Koffer ein und auch der Rest meiner Familie versammelte sich im Hof. Mit einer Mischung aus Wehmut und Vorfreude verabschiedete ich mich von jedem Einzelnen. Angefangen bei Opa, der mir einen 50-Euro-Schein zusteckte, damit ich auswärts essen gehen konnte, falls mir bei den Verwandten das Essen nicht schmecken würde. Danach wandte ich mich meinen Geschwistern zu, die ich fest an mich drückte, und zu guter Letzt meinen Eltern. Sie bedachten mich zum Abschied eher mit Worten als mit körperlichem Kontakt.

»Sei anständig und nett zu deinem Onkel und deiner Tante.«

»Melde dich, wenn ihr angekommen seid.«

»Wenn es dir nicht gefällt, kannst du jederzeit wieder nach Hause kommen.«

»Nachts gehst du nicht alleine raus! Geh am besten nirgends ohne Begleitung hin.«

»Ruf auch mal an!«

»Pass gut auf dich auf.«

»Du wirst uns fehlen ...«

Ich versprach alles und nahm auf dem Beifahrersitz des schwarzen BMWs Platz. Nachdem Leopold noch einige knappe Sätze mit Opa und meinen Eltern gewechselt hatte, setzte er sich hinters Steuer und startete den Motor. Während ich meiner Familie zuwinkte, musste ich enorm mit den Tränen kämpfen. Mit quietschenden Reifen fuhren wir von unserem Grundstück und meine Reise begann ...

2. Kapitel

Je nach Verkehrslage würden wir acht bis zehn Stunden fahren, meinte Leopold. Als die Landesgrenze bereits weit hinter uns lag, wandte er sich an mich.
»Sophia und ich freuen uns wirklich sehr, dass du dieses Praktikum bei uns machst!«
Ich lächelte.
»Ja, ich mich auch!«
Ich hatte mich vor dem Schulabschluss nicht entscheiden können, wohin es beruflich für mich gehen sollte. Wenn man sich genauer mit dem Thema befasst, ist die Auswahl groß und für jemanden, der nicht weiß, was er will, scheint sie schier unübersehbar. Letztendlich entschloss ich mich nach unzähligen Vorstellungsgesprächen, Betriebs-Schnuppertagen und angesichts der völligen Verzweiflung meines Berufsberaters, weil mich schier gar nichts überzeugte, halbherzig für eine Ausbildung zur Hotelfachfrau. Leider gibt es in unserer Umgebung hierfür eher wenige Lehrstellen. Oder anders gesagt: Ich war viel zu spät dran! Ein Hotelier aus der Nähe von Garmisch-Partenkirchen bot mir tatsächlich trotzdem eine Stelle an. Bedauerlicherweise aber erst in einem Jahr, wenn wieder ein Platz frei wurde. Zur Überbrückung dieser Zeit durfte ich bei meinem Onkel und seiner Frau Sophia ein Praktikum in ihrem Hotel in Italien absolvieren.
»Du bist die Einzige aus der Familie, abgesehen von Felix und Kathi, die uns noch vorbehaltlos gegenübertritt, seit wir das Hotel eröffnet haben.«
Ich sah ihn an. Für einen winzigen Moment huschte ein Schatten über sein Gesicht. Er wirkte verletzt.

»Es trifft dich immer noch sehr, dass Opa und die anderen sich seitdem so abweisend verhalten, oder?«

Er griff fester ums Lenkrad und ich überlegte, ob ich das Thema besser nicht weiter vertieft hätte.

»Ich kann es einfach nicht verstehen! Wir haben vor dem Kauf alles genauestens kalkuliert und geplant. Die Investition hat sich mehr als gelohnt. Wir können mittlerweile überaus gut vom Hotelbetrieb leben. Es ist eine Arbeit wie jede andere auch. Was ist an diesem Hotel so verkehrt?«

»Die Lage«, antwortete ich ihm trocken.

»Du wirst von dieser Lage nichts merken, ich verspreche es dir! Außer den Gästen deutet absolut nichts auf dieses ... Ungewöhnliche des Standorts hin«, versicherte er mir. Enttäuschung machte sich in mir breit. Sieht man von Irmgard und Valentina, meinen besten Freundinnen, einmal ab, hatte ich noch nie jemandem erzählt, dass ich neugierig auf diese Sache war. Neugierig auf die Vampire und alle Wesen ihrer Art. Sie leben schon seit hunderten Jahren unter uns. Jeder wusste, wo sie zu finden waren. Das geografisch abgegrenzte Gebiet lag weit abgelegen von den Wohnstätten der restlichen Bevölkerung. Die Vampire existierten auf dieser Erde ebenso wie die Menschheit, jedoch völlig abgeschottet von der Außenwelt. Seit wenigen Jahren hatte es seltene Fälle gegeben, in denen Vampire von Einzelpersonen gesehen worden waren, und zügig erblickten findige Geschäftsleute eine bedeutende Geldquelle darin. Um das Territorium der Vampire wurden Forschungszentren und Universitäten mit der Spezialisierung auf paranormale Aktivitäten aufgebaut. Zeitgleich schossen unzählige Hotels oder andere Einrichtungen mit Übernachtungsmöglichkeiten aus dem Boden für alle, die diese Spezies studieren und erkunden wollten. Recht schnell wurde es ebenso zum beliebten Urlaubsdomizil für gewöhnliche Touristen, wodurch zusätzlich viele weitere Attraktionen angeboten wurden. Auch Leopold und Sophia waren mit Erfolg in dieses Geschäft eingestiegen. Die Meinung der Menschen zu diesem Thema war geteilt, während das Übernatürliche bei den einen Faszination auslöste, machte es den anderen Angst. Wie meine Familie fürchteten etliche das Unbekannte, weshalb sie versuchten, es möglichst aus ihrem Leben und Denken zu verbannen. Sie konnten nicht nachvollziehen, warum es Leute gab, die sich mit dem Paranormalen bewusst auseinandersetzten und daraus auch noch Profit schlugen. Zu Hause durften wir über dieses Thema nicht sprechen. Kam aus irgendeinem Grund zufällig das Gespräch trotzdem darauf, wurde es rasch abgebrochen. Entsprechend war es nicht leicht für mich, die Erlaubnis meiner Eltern für dieses Praktikum zu erlangen. Lange und laute Diskussionen begleiteten uns über viele Tage. Ich verstand ihre Bedenken, aber ich wollte diese Chance unbedingt nutzen und auf diese Erfahrung keinesfalls verzichten. Es war an der Zeit, das heimelige Nest für eine Weile zu verlassen. Etwas Neues zu erleben, ein fremdes Land, dessen Leute, ihre Kultur und Sprache kennenzulernen. Sie mussten mich loslassen. Die Trennung würde ja nicht für immer sein. Ich war sehr verwurzelt im Dorf und in spätestens einem Jahr musste ich ohnehin zurück. Und auch wenn sie von der Umgebung, in die es mich verschlug, nichts hielten und sie sich auch Sorgen um mich machten, vertrauten sie Leopold in einem, leider mittlerweile versteckten, Winkel ihres Herzens doch. Schließlich stimmten sie unter allen möglichen Bedingungen dem Praktikum zu.

»Ihr habt quasi Vampire als Nachbarn und merkt davon überhaupt nichts?«, fragte ich und sah Onkel Leopold ungläubig an.

Leopold schüttelte den Kopf.

»Aber warum zieht es dann die Leute in Scharen dorthin? Die Anzahl der Unternehmen dort hat sich verdoppelt und verdreifacht und die Gewinne wachsen beständig weiter.«

Er holte Luft, schloss den Mund jedoch wieder und ging grübelnd in sich. Nach einer ausgedehnten Redepause schien er schließlich die passende Erklärung gefunden zu haben.

»Die Menschen, die uns besuchen, können für eine Weile in eine Welt eintauchen, die sie nur aus Filmen kennen. Alles, was in ihren Köpfen, in ihrer Fantasie existiert, scheint hier zum Greifen nahe. Dokumentationen und Einschätzungen von Experten belegen, dass es weder in der Vergangenheit noch aktuell eine ernsthafte Bedrohung durch Vampire gab und gibt. Trotzdem, ein Restrisiko, dass etwas außer Kontrolle geraten könnte, wird stets bleiben. Die Erwartungen und Reaktionen unserer Hotelgäste sind unterschiedlich. Während die einen, vor allem junge Frauen, davon träumen, eine Liebesgeschichte wie die von Bella und Edward zu erleben, liegen andere nachts angsterfüllt wach, weil sie es plötzlich gruselig finden, so dicht am Terrain dieser Wesen zu nächtigen. Was wäre, wenn eines von ihnen plötzlich aus dem Nichts neben ihrem Bett auftauchte und seinen Hunger mit dem eigenen Blut stillen wollte? Erlebte man den nächsten Tag noch? Der Aufenthalt bei uns und das Ende dieses Abenteuertrips gleichen für viele einer Reise ins Ungewisse. Ich denke, es ist die Mischung aus Faszination und Gefahr, die viele reizt. Ich nenne dir noch ein anderes Beispiel. Es ist zwar extrem, aber in gewisser Weise vergleichbar. Du kennst den Mount Everest? Dort gibt es eine sogenannte Todeszone. Ab einer bestimmten Höhenmeterzahl kann es für die Bergsteiger trotz ausreichender Akklimatisierung zu erheblichen und lebensbedrohlichen Beeinträchtigungen kommen. Das Gehirn kann anschwellen, was zu einer Bewegungsstörung führt und letztendlich zum Tod. Ein Lungenödem kann sich bilden. Die Lunge füllt sich mit Wasser und man ertrinkt praktisch. Ich könnte dir noch viel mehr grausame Aspekte aufzählen, die Kletterer abschrecken sollten, dennoch versuchen jährlich immer wieder zahlreiche unbedarfte Touristen und auch erfahrene Alpinisten mit dem einschlägigen Hintergrundwissen diesen Berg zu besteigen, sie sehen in dem Gipfelsturm den Höhepunkt ihres Lebens. Hier könnte dieselbe Frage lauten: Warum?«

»Also zusammengefasst: Meine Überlebenschancen bei einer Mount-Everest-Tour und einem All-inclusive-Urlaub bei dir sind dieselben?«, fragte ich scherzend und auch ein klein wenig entgeistert. Ich schmiegte mich tiefer in den Autositz und sah ihn herausfordernd an. Er schmunzelte und verdrehte die Augen.

»Haha! Einer meiner ersten Gäste, ein Amerikaner, mit dem ich mich angefreundet habe, sagte mir einst: Du kannst erst wahrhaft leben, wenn du bereit bist zu sterben. Und ...«

»Das wird ja immer besser!«, rief ich mit gespieltem Entsetzen.

»Oh, Schande auf mein Haupt! Diesen Spruch hätte ich auf meine Homepage schreiben sollen mit dem Untertitel: Wenn du dies auch so siehst, bist du in meinem Hotel genau richtig!«

Wir lachten, doch die Aussage des Amerikaners brannte sich in mein Gedächtnis. Der Tod machte mir fürchterliche Angst. Ich wurde regelrecht panisch bei dem Gedanken, irgendwann alleine in einer engen Kiste, tief in der Erde, vergraben zu werden. Würde ich Todesgefahr jemals bewusst in Kauf nehmen für ein »Erlebnis«, das angeblich mein Leben bereicherte? Oder würde ich, wenn ich die Wahl hätte, lieber mit einer Tüte Chips vor dem Fernseher sitzen und der Gefahr aus sicherer Entfernung von der Couch aus ins Auge blicken? Ich zählte eher zu der Gruppierung »Ja, ich nutze die 365 Tage, die mir pro Jahr zur Verfügung stehen, mannigfaltig, aber ohne größeres Risiko«. Vielleicht ist das eine bleibende Charaktereigenschaft. Möglicherweise gelangt man im höheren Alter auch zu einer anderen Einstellung, oder Situationen, in die man im Laufe seines Lebens gerät, verändern einen diesbezüglich.

»Alles in Ordnung bei dir?«, wollte mein Onkel wissen. Ein besorgter Blick traf mich. Scheinbar sah man mir die trüben Gedanken über den Tod an. Ich nickte.

»Ich habe nur über deine Worte nachgedacht.«

»Ist es wegen der Vampire? Mach dir keinen Kopf darüber, lass einfach alles auf dich zukommen und falls du dich nicht sicher fühlst, hängen wir massenweise Knoblauch in dein Zimmer, sodass jeder, der auch nur ansatzweise übernatürliche Gene in sich trägt, einen kilometerweiten Bogen darum macht.«

»Einverstanden«, erwiderte ich.

Die lockere Art von Leopold bewirkte, dass unser Verhältnis schon immer eher dem von Bruder und Schwester glich als dem von Onkel und Nichte. Es war befreiend und ich mochte es, wie er mit dem Andersartigen dieser Welt umging. Ich wollte es nie ignorieren, sondern mehr darüber erfahren, schließlich war es ein Teil unserer Gesellschaft. Trotzdem war es noch ein bisschen ungewohnt, wenn er das Wort Vampir aussprach und sich nicht zeitgleich einmal um die eigene Achse drehte, um sich zu versichern, dass es auch ja keiner gehört hatte.

3. Kapitel

Nach einigen Mauthaltestellen, Toilettenpausen, einem Imbissstopp und kurzzeitigen Staus fuhren wir endlich von der Autobahn ab und waren nur noch wenige Kilometer vom Ziel entfernt. Aufregung machte sich in mir breit und ich saugte die Schönheiten der vorbeiziehenden Gegend regelrecht in mich auf. Zunächst bogen wir auf eine Landstraße ab. Palmen ragten zu beiden Seiten der Wegstrecke in den Himmel. Es schien, als würde die Straße unmittelbar im Meer münden. Es erstreckte sich am Horizont und schillerte in rötlichen, warmen Farbtönen. Die untergehende Sonne schien fast ins Meer einzutauchen. Ich bückte mich, wühlte in der Handtasche, bis ich das Handy fand, denn ich wollte ein Foto machen. Doch als ich aufsah, waren wir von einem dichten, dunklen Wald umgeben. Verblüfft ließ ich mich zurück in den Sitz fallen. Wie war das möglich? So abrupt und ohne jeglichen Übergang?

»Wie sind wir auf einmal hierhergekommen?«, fragte ich verwirrt.

»Hast du den Abzweig nicht bemerkt?«, erwiderte Leopold belustigt. Als ich darauf nicht reagierte, erklärte er, wenn wir der Straße weiter gefolgt wären, wären wir in die nächstgrößere Stadt gekommen, die jedoch nicht mehr zu der vampirischen Region gehörte. Stattdessen hatte eine Hinweistafel kurz zuvor angekündigt, dass wir auf eine schmale Straße abbiegen mussten, um zu unserem Ziel zu gelangen.

»Wahrscheinlich hast du vor lauter Palmen den Wald dahinter nicht gesehen«, meinte er.

»Das kann sein.«

Mit einem Hauch Misstrauen gab ich mich mit dieser Erklärung zufrieden. Möglicherweise war auch mein Tunnelblick auf das Meer, das ich zum ersten Mal in meinem Leben gesehen hatte, daran schuld, dass ich nichts anderes mehr wahrnahm.

Wir passierten eine alte Serpentinenstrecke. Leopold lenkte geübt den Wagen durch die enge, schlangenförmige Straße. Es ging steil bergauf und die Bäume verstellten den Blick auf die Umgebung völlig. Außer unserem war weit und breit kein Auto unterwegs. In der bereits einsetzenden Dämmerung wirkte die düstere Landschaft mystisch. Ich musste zweimal hinschauen, als wir an einem rot-weißen Warnschild vorbeikamen. Mein Blick blieb daran hängen, mir kam es vor, als wäre für einen winzigen Moment die Zeit stehen geblieben. Wo auf entsprechenden Schildern in Australien Kängurus zu finden waren oder in arabischen Ländern Kamele, war hier das Gebiss eines Vampirs mit langen Eckzähnen abgebildet! Ein beklemmendes Gefühl stieg in mir auf. Leopold hatte es bereits treffend formuliert. Alles, was in meinem Kopf, meiner Fantasie an Vorstellungen über diese Wesen existierte, schien hier zum Greifen nahe. Schleichend wurde es zur Realität. Zu meiner Realität. Irgendwo in diesem Wald lebten sie. Die Vampire. Wurden wir möglicherweise gerade von einem beobachtet? Verängstigt huschte mein Blick durch die Baumkronen. Doch ich sah nichts. Nicht mal einen Vogel.

»Du hast Gänsehaut. Ist dir kalt? Soll ich dir die Sitzheizung anschalten?«, fragte Leopold beunruhigt.

»Ich bitte dich, es ist Sommer und wir sind in Italien! Statt die Sitzheizung anzuschalten, kannst du höchstens die Klimaanlage runterdrehen.«

Ich strich mir ein paar Mal wärmend über die Arme, tatsächlich fröstelte es mich ein wenig. Leopold drückte an einem Knopf am Armaturenbrett und die Temperatur wurde behaglicher.

»Draußen wird die Luft gleich angenehmer sein. Nur zur Info, nach einem halben Kilometer wird die Straße abschüssig. Bei gleichbleibenden Kurven. Falls dir schlecht wird, gib mir bitte rechtzeitig Bescheid.« Zwinkernd sah er kurz in meine Richtung.

»Haha!«, sagte ich und verdrehte lächelnd die Augen.

Nachdem wir die Serpentinenstraße in vorsichtiger Fahrt hinter uns gelassen hatten, lichtete sich der Wald und auch das Meer rückte wieder in unser Sichtfeld. Vor dem Meer gabelte sich der Weg und wir bogen rechts ab.

»Wie lange dauert es noch, bis wir ankommen?«, fragte ich.

»Wir müssen noch gute zwei Kilometer am Meer entlangfahren und dann sind wir da!«, antwortete Leopold freudig und ich spürte, dass auch er unsere Ankunft kaum mehr erwarten konnte. Als ich wieder aus dem Fenster schaute, bemerkte ich, dass sich dicht neben der Straße linkerhand der Wald und rechterhand das Meer erstreckte. Leopold deutete auf den Wald.

»Dieser Wald steckt voller Geheimnisse. Über die Vampire, die hier hausen, gibt es unzählige Mythen, Sagen und Legenden, jedoch bietet der Wald selbst beinahe ebenso viele. Neben dem Praktikum wirst du mindestens genauso viel Zeit zur Verfügung haben, um die Umgebung ausgiebig zu erkunden, dafür ist gesorgt.«

»Danke. Das klingt richtig gut!«

Als die Bäume die Sicht freigaben, sah ich ein einsam gelegenes, beleuchtetes, imposantes Gebäude, das durch ein Schild als Hotel ausgewiesen wurde.

»Da ist es, oder?«

Er nickte und ich erfuhr, dass der Ort und das Hotel dieselbe Bezeichnung trugen. Villa Anna. Dies war nicht absichtlich so gewählt. Es gab eine gewisse Zeit, da schossen die Unterkünfte wie Pilze aus dem Boden. Manchmal lagen die Anlagen kilometerweit voneinander entfernt und waren nur wenig besiedelt. Aufgrund dessen schien es für die Behörden, die mit der Namensfindung für die Ortschaften nicht mehr hinterherkamen, leichter, dass der jeweilige Bauherr dem ersten fertiggestellten Gebäude einen Namen gab, und dieser bildete dann gleichzeitig den Titel für den Standort.

Wir fuhren in eine Tiefgarage. An der Mauer einer der unterirdischen Parknischen stand in geschwungener, schwarzer Schrift: Leopold von Bayersberg. Mein Onkel stellte dort den Wagen ab, sprang förmlich aus dem Auto und öffnete mir die Autotür.

»Herzlich willkommen«, begrüßte er mich feierlich und machte eine einladende Bewegung. Nach dem Aussteigen blieb mir kaum Zeit, um Luft zu holen, denn da fiel mir Sophia bereits um den Hals. Sie hatte uns von der Rezeption aus gesehen und sofort alles stehen und liegen gelassen.

»Schön, dass du da bist. Ich habe dich so vermisst«, flüsterte sie.

Wir ließen voneinander ab und ich sah, wie sich Tränen in ihren grünen Augen sammelten.

»Du hast mir auch unglaublich gefehlt«, gab ich ebenso leise zurück und versuchte die salzige Flüssigkeit zurückzuhalten. War der Damm einmal gebrochen, würde er sich so schnell nicht mehr versiegeln lassen. Der Abschied von Sophia war mir damals, als sie und Leopold nach Italien gingen, überaus schwergefallen. Wir telefonierten oder hielten per E-Mail den Kontakt aufrecht, aber es war nicht mit der Zeit vorher zu vergleichen. Sie und Leopold hatten bei Opa nebenan gewohnt, sodass wir uns täglich über den Weg liefen. Als Leopold sie der Familie vorstellte, verstanden wir uns auf Anhieb. Sie gehört zu der Sorte Mensch, deren Herzlichkeit und Freundlichkeit man gleich bei der ersten Begegnung spürt, sodass man sie, ohne zu zögern, ins Herz schließt. Mir fiel gleich auf, dass sie sich optisch verändert hatte. Die Vorzüge ihres früher stets ungeschminkten Gesichts unterstrich nun ein dezentes Make-up. Die vorher offenen, langen goldblonden Haare trug sie elegant hochgesteckt. Ihre Figur versteckte sie früher in weiter Kleidung. Sie, aber auch nur sie, war der Meinung, dass sie zehn Kilo zu viel mit sich herumschleppte und diese nicht zusätzlich betont werden sollten. Entweder hatte sie das wärmere Klima dazu verführt oder sie hatte selbst ihre Ansicht geändert und erkannt, dass sie nichts zu verbergen hatte. Sie stand vor mir in einem knielangen, sommerlichen Kleid und Sandaletten mit Keilabsatz.

»Gut siehst du aus«, sagten wir wie aus einem Munde und lachten. Dabei entschlüpften uns beiden doch noch die bisher zurückgehaltenen Tränen. Leopold stand derweil unbeholfen daneben. Angesichts von Emotionen dieser Art wusste er noch nie, wie er sich verhalten sollte. Um der Situation schnellstmöglich zu entfliehen, schlug er vor, das hoteleigene Restaurant zu besuchen, denn ich hätte bestimmt Hunger.

4. Kapitel

Von meinem ersten Abend in Villa Anna blieb mir vor Müdigkeit kaum etwas in Erinnerung. Ich wusste am nächsten Morgen nur noch, dass vor mir ein übervoller Teller Spagetti gestanden und Leopold nach den ersten Bissen gefragt hatte, ob ich von Opas Geld Gebrauch machen wollte oder ob es mir schmeckte. Wie allerdings der Rest des Abends verlaufen war, wie ich in mein Zimmer, geschweige denn ins Bett gekommen war, konnte ich nicht sagen. Gemächlich schlug ich die Augen auf und fand mich in einem weißen Mädchentraum wieder. Ich rollte mich aus meiner Bettdecke, um mich umzusehen. Die Wände, die Holzdecke sowie der Holzboden meines Quartiers waren weiß gestrichen. Es war wohnlich und gemütlich eingerichtet. Meine Lagerstatt stand unter einer Dachschräge. Das Bett oder vielmehr die voluminöse, weiche Matratze war auf weißen Paletten platziert. Die Paletten ragten am Fußende noch einen halben Meter in den Raum. Darauf waren eine Pflanze, altrosafarbene Kerzen in verschieden hohen Gefäßen und Zeitschriften dekoriert. Die kuschelige Bettwäsche wurde von Kissen in passender Nuance ergänzt. Eine Lichterkette, die das Nachtlager ringsum überspannte, machte das Bild komplett. Links neben dem Bett befand sich ein geräumiger Schrank. Auf der Seite der Dachschräge war außerdem ein riesiges Fenster eingebaut. Davor baumelte ein grauer Hängestuhl von einem Haken an der Decke. Von diesem Punkt aus bot sich durch das Fenster die Sicht auf einen Teil der Straße, die wir gestern entlanggefahren waren, und den Wald. In die angrenzende Wand war ebenfalls eine breite Scheibe eingelassen, die sich hinter einem bodenlangen, weißgepunkteten Vorhang in der Grundfarbe Altrosa verbarg. In einer Nische daneben standen ein Schreibtisch und ein Kühlschrank. Nebenan befand sich die Tür zum Bad und schräg gegenüber die Eingangstür. Beide waren in grauem Design gehalten. An der Badtür hing ein weißes Holzschild mit einer geschwungenen, grauen Aufschrift: Bagno, was übersetzt Bad hieß. Ich ging hinein. Es hatte kein Fenster, ich tastete nach einem Schalter. Als ich ihn fand und drückte, gingen nacheinander unterschiedliche blaue Lichtquellen an. Anthrazitfarbene Fliesen bildeten den Boden. Die Decke und die Wandfliesen sowie die Einrichtung mit einer Badewanne, Waschbecken, Toilette und Möbeln waren in lilienweißen Tönen gehalten. Die Dusche wurde von edlen Glasfronten begrenzt. Ein breites Spiegelelement war oberhalb des Waschbeckens befestigt. Weiter kam ich mit meiner Entdeckungstour nicht, denn da klopfte es.

»Helena, bist du wach?«

Ich erkannte Sophias Stimme, eilte zur Tür und öffnete sie. Freundlich lächelnd stand sie mit einem Tablett vor mir.

»Guten Morgen. Komm doch rein«, begrüßte ich sie und trat beiseite. Während sie in das Zimmer kam, vergewisserte sie sich, ob ich in meiner ersten Nacht gut geschlafen hatte. Danach fragte sie, ob wir gemeinsam frühstücken wollten, und hielt das Tablett ein Stück in die Höhe.

»Ich habe alles Wichtige dabei und hoffe, dein Geschmack hat sich nicht verändert.«

»Gerne, aber hier?« Ich sah mich um. Das Bett bot die einzige Möglichkeit, um das Tablett abzustellen, aber die Chancen standen sehr hoch, dass anschließend unschöne braune Nutellaflecken das perfekte, reine Ambiente zerstörten. Sophia deutete aufgeregt auf den Vorhang.

»Du warst wohl noch nicht draußen, aber ich bin sicher, dass es dir gefallen wird, dort zu frühstücken.«

Ich schob den Vorhang zur Seite und hielt kurz die Luft an.

»Ist das schön!«, brachte ich gerade noch so hervor. Hinter dem Vorhang befand sich eine gläserne Tür. Ich machte sie auf und wir gingen hinaus. Ich hatte einen eigenen überwältigenden Balkon, der von der Größe her eher einer Terrasse glich. Sanftes Meeresrauschen und eine salzige Brise drangen zu uns empor. Der Ausblick auf das Meer war wunderschön. Der Balkon hatte einen Boden aus hochwertigen, modernen Terrakotta-Fliesen. Umgeben wurde er von weißem, verschnörkeltem Gemäuer. An den Außenseiten ragten Säulen bis in das nächste Stockwerk empor. Die Ecke neben uns bildete eine kleine Sitzlounge mit dunkelbraunen Flechtmöbeln mit cremeweißen Polstern. Davor stand ein Tisch aus demselben Material mit einer Glasplatte. Zudem gehörte zur Ausstattung ein Whirlpool, dessen Wasser in der Sonne schimmerte. Daneben waren ein Sonnenschirm und eine Schwingliege aufgebaut. Überwältigt sah ich meine Tante an.

»Danke, dass ich für ein Jahr hier wohnen darf.«

»Für dich nur das Beste! Wir dachten uns, dass das Zimmer 24 genau das richtige für dich ist. Ich kenne dich und deine bescheidene Art. Ich wette, du hast mit einem dunklen Kämmerlein gerechnet, ähnlich wie das von Harry Potter bei den Dursleys, und wärst damit zufrieden gewesen. Ja, du bist hergekommen, um zu arbeiten, aber es soll auch ein unvergesslicher Urlaub für dich werden.«

Nach dem ausgiebigen Frühstück mit Kakao und allem, was das Herz begehrte, machte ich mich im Bad fertig. Sophia bot mir an, an einer Führung der verantwortlichen

Reiseleiterin des Hotels teilzunehmen, um mir einen Überblick über mein neues Domizil und seine Umgebung zu verschaffen. In der Lobby warteten bereits einige Gäste unterschiedlichen Alters und Geschlechts.

»Dürfte ich um Ihre Aufmerksamkeit bitten?«

Eine Frau mit sportlicher Figur trat vor und das Stimmengewirr verstummte. Ich schätzte sie auf Ende 30. Sie trug eine Brille und ihre rabenschwarzen, schulterlangen Haare bildeten einen sonderbaren Kontrast zu ihren eisblauen Augen. Ihre weiten dunklen Hosen und ihre weiße Bluse wurden komplettiert von hohen schwarzen Schuhen. Sie hielt eine rote Aktentasche vor sich.

»Ich bin Ihre Reiseleiterin Elisa Colei. Im Namen sämtlicher Veranstalter heiße ich Sie herzlich willkommen in Villa Anna und der vampirischen Region. Außer an Sonntagen bin ich täglich von 9:30 Uhr bis 14:30 Uhr für Sie da. Für Ausflugsbuchungen bitte ich Sie um ein persönliches Gespräch, um Ihnen ein individuelles Angebot zu erstellen. Bevor ich Ihnen im Tagungsraum anhand einer Präsentation Möglichkeiten für Besichtigungen aufzeige, starten wir mit einem Rundgang durch das äußere Hotelgelände. Bitte folgen Sie mir.«

Wir verließen den Eingangsbereich, gingen breite Stufen hinunter und blieben vor dem Hotel stehen. Staunend betrachtete ich die Außenfront, die einer märchenhaften Miniaturversion eines Schlosses glich. Ich drehte mich um und sah unweit von dem Hotel entfernt die Straße, die das Hotel vom Meer trennte. Fußgänger konnten sie über eine bogenförmige Brücke überqueren, auf die Elisa zeigte.

»Diese Brücke gehört zur Hotelanlage. Sie führt Sie direkt zum privaten und abgetrennten Strand von Villa Anna. Alle Liegen und Sonnenschirme können Sie kostenfrei nutzen. In Ihrer All-inclusive-Buchung sind außerdem sämtliche alkoholfreie und alkoholische Getränke mitinbegriffen. Am Strand gibt es eine Bar, in der Sie neben den flüssigen Erfrischungen auch Eis, Kuchen und ähnliche Snacks erhalten können.«

Elisa informierte uns noch über eine Bushaltestelle von Villa Anna, die Fahrtzeiten der Busse und die Parkplatznutzung in der Tiefgarage. Anschließend wanderten wir zur Rückseite des Schlosses über eine hügelige grüne Wiese und blieben vor dem finsteren Wald stehen. Elisa wartete, bis sich alle versammelt hatten.

»Sind alle da? Kommen wir nun zum aufregendsten Teil des Geländes, dem Wald. Es handelt sich um das wohl spektakulärste Naturphänomen aller Zeiten. Bevor ich darauf näher eingehe, beginne ich mit der obersten Regel, die ich Sie bitte, strengstens einzuhalten. Betreten Sie nie, ich wiederhole, nie, den Wald. Weder allein noch zu mehreren. Niemandem ist es erlaubt, dort einzudringen. Zumindest keinem gewöhnlichen Sterblichen, wie unsereins es ist.«

Ein männlicher, jüngerer Gast hob genervt die Hand.

»Uh, der geheimnisvolle Wald mit mysteriösen Kreaturen darf nicht betreten werden. Gehört das zum Teil der Gruselshow?«, erkundigte er sich und fing sich einen Seitenhieb von seiner weiblichen Begleitung ein.

»Halt einfach deinen Mund!«, zischte sie ihm zu, doch er kam erst richtig in Rage.

»Ist doch wahr! Vielleicht gab es vor Urzeiten etwas Ungewöhnliches an und in diesem Wald. Kann durchaus sein. Meiner Meinung nach ist die Geheimniskrämerei um den Wald heute ein Milliardengeschäft, das die Wirtschaft in diesem Land aufrechterhält!«

»Nach deiner Meinung hat dich aber keiner gefragt!«, entgegnete ihm seine Freundin sichtlich wütend.

Elisa hörte geduldig zu, ehe sie antwortete.

»Junger Mann, es ist Ihr Leben und letztendlich Ihre Entscheidung, wie Sie sich verhalten. Es ist in Ordnung, dass Sie nichts glauben, was Sie nicht auch selbst gesehen haben. Falls Sie gleich nachfragen, nein, ich bin ebenfalls noch keinem übernatürlichen Wesen begegnet. Trotzdem ist es meine Pflicht, Sie alle zu warnen. Und diese Warnung stützt sich auf Fakten. In den letzten fünf Jahren sind 29 Forscher während ihrer Waldexkursionen grausam gestorben. In meiner Weiterbildung als Reiseleiterin für die vampirische Region wurden uns Video- und Fotoaufnahmen der Opfer gezeigt, die besser kein menschliches Auge je erblicken sollte.«

Während mir ein kalter Schauer über den Rücken lief, war er zwar still, schien aber nicht komplett überzeugt zu sein und murmelte etwas von Panikmache. Elisa wandte sich wieder an die anderen Gäste.

»Da das Interesse am Wald unterschiedlich geartet ist, verteile ich Ihnen Broschüren dazu oder biete im Anschluss einen separaten Vortrag an. Ganz, wie Sie wünschen. So, nun schieben wir die trüben Todesgedanken beiseite. Sie sind im Urlaub und sollen Spaß haben! Ich denke, es ist am besten, wenn wir zurück ins Hotel gehen. Wir treffen uns in zehn Minuten im Tagungsraum. Dort informiere ich Sie über alles weitere Wissenswerte.«

Die Gruppe setzte sich in Bewegung, Elisa warf einen kurzen Blick auf ihr Smartphone und kam dann auf mich zu.

»Du musst Helena sein«, stellte sie freundlich fest und schüttelte meine Hand. Sie entschuldigte sich, dass sie vor der Führung keine Zeit gefunden hatte, sich persönlich vorzustellen.

»Ich habe gerade eine Nachricht von Sophia erhalten, dass sich ein Gast verspätet, der für dieses Treffen angemeldet war. Leider konnte sie ihn nicht mehr erreichen. Dürfte ich dich bitten, hier auf ihn zu warten? Er ist zum ersten Mal in Italien und ich nehme an, dass er auch über keinerlei Wissen über den Wald verfügt. Sollte er uns nicht finden, würde ich ungern riskieren, dass er uns ausgerechnet dort sucht.«

»Ja, ich warte hier«, versprach ich.

»Vielen Dank! Es tut mir leid, dass du an deinem ersten Tag schon eingespannt wirst. Ich lasse dich nicht gern hier zurück, aber meine Tür steht künftig jederzeit offen für dich«, meinte sie. Ich winkte ab und in diesem Moment wurde sie von einem Gast gerufen. Sie legte mir die Hand auf die Schulter, bedankte sich nochmals und eilte davon.

Ich sah auf die Uhr. Bereits fünfzehn Minuten bewegte ich mich nicht vom Fleck. Von dem fehlenden Gast war weit und breit keine Spur. Seufzend ließ ich mich in das weiche und trockene Gras fallen. Erstmals wagte ich einen genaueren Blick in das Innere des Waldes. Die hohen Bäume mit ihrem tiefgrünen Blätterdach standen in ungleichmäßigen Abständen, aber relativ nahe beieinander. Der Boden zwischen den glatten und schier makellosen Baumstämmen war erdig. Die herausragenden Wurzeln wurden von einer sauberen Moosschicht ummantelt. Vereinzelt wuchsen dort Pilze und zierliche Blumen. Die Ruhe, von der ich umgeben war, ließ diesen Anblick sehr friedlich wirken.

»Fehlen nur noch die Zwerge«, murmelte ich vor mich hin. War das schon zu perfekt? War das wirklich nur inszeniert für die Außenwelt, wie der Gast behauptet hatte? Verbrachte ein Landschaftsgärtner die Nächte hier, um eine so märchenhafte Kulisse zu erschaffen?

»Zwerge ist ein gutes Stichwort.«

Erschrocken wirbelte ich herum.

»Ich wollte dich nicht erschrecken«, beteuerte ein gutaussehender junger Mann, der nur wenig älter als ich zu sein schien.

»Hat offensichtlich nicht funktioniert!«, erwiderte ich und hielt mir die Hand an mein pochendes Herz.

»O weh. Wenn du mir noch eine Chance gibst, fange ich nochmal von vorne an.«

Von ihm schien keine Gefahr auszugehen, deshalb nickte ich.

»Ich heiße Alfio und bin der Küchenchef … Um genau zu sein, der Sohn vom Küchenchef«, stellte er sich vor.

»Ich …«, fing ich an.

»Ich weiß. Du bist die Nichte von Sophia und Leopold«, sagte er.

Alfio erklärte mir, dass er für den Konditor-Bereich des Hotels zuständig war. Für die kommenden Stunden waren die Kinder vom internen Mini-Club zum Cake-Pops- und Muffinbacken angemeldet. Er fragte mich im Namen meiner Verwandten, ob ich immer noch so gerne backte und Lust hätte, dieses Angebot zu unterstützen. Die Angestellte von der Kinderbetreuung fiele leider wegen eines Magen-Darm-Infekts aus und jede Hilfe wäre willkommen. Ich überlegte nicht lange und stimmte zu. In diesem Moment kam auch der Gast. Ich informierte ihn über den aktuellen Aufenthaltsort von Elisa und der restlichen Gruppe. Danach begleitete ich Alfio in die Backstube. Dort wartete bereits ein hüpfendes, lachendes, singendes Kinderrudel auf uns.

5. Kapitel

Hallo Irmgard, hallo Valentina,
 ihr wisst, ich liebe es zu backen, und ich mag auch Kinder, aber heute war es definitiv to much von beidem. Die Rasselbande vom Mini-Club hat die komplette Hotel-Konditorei auf den Kopf gestellt. Ich kämpfte mich durch Wolken aus Mehlstaub, um dem einen Kind beim Zuckerabwiegen zu helfen, dem zweiten das Eieraufschlagen zu zeigen und mit dem dritten den Teig in die Förmchen zu füllen. Einem Mädchen ist die Butter runtergefallen. Leider hat die süße Maus vergessen, sie wieder aufzuheben. Als ich zu dem Jungen neben ihr laufen wollte, weil ihm die volle Teigschüssel aus den Händen glitt, bin ich fast ausgerutscht! Ihr könnt euch vorstellen, dass ich zehn Kreuze gemacht habe, als es vorbei war. Nach dem Aufräumen war es schon recht spät. Vorher habe ich noch mit Sophia und Leopold gegessen und anschließend bei einem Eistee auf meinem Balkon den Abend ausklingen lassen.
 Liebe Grüße aus Villa Anna, eure Helena
 Ich schickte die Nachricht über WhatsApp an meine Freundinnen und sendete auch an meine Mama eine ähnliche. Von ihr kam prompt eine Rückmeldung.
 Das schadet dir nicht. Jetzt weißt du, was ich mit euch durchmache! Liebe Grüße, Mama
 Diese Antwort kommentierte ich lediglich mit einem Smiley, der die Augen verdrehte. Irmgard und Valentina waren da weitaus verständnisvoller. Ich legte mich erschöpft in mein Bett und fiel in einen traumlosen Schlaf.

Mitten in der Nacht wurde ich plötzlich wach. Ich hatte vergessen die Vorhänge zuzuziehen und durch mein

Zimmer geisterten blaue, blinkende Lichter. Mit einem mulmigen Gefühl im Magen stand ich auf und ging zum Dachfenster, um zu sehen, woher der Lichtschein kam. Nahe am Waldrand parkten ein Rettungswagen und Polizeifahrzeuge. Sie alle hatten ihre Stand- und Blaulichter eingeschaltet. Um die Fahrzeuge hatte sich eine Menschentraube gebildet. Zwischen den Sanitätern und Polizisten erkannte ich Sophia und Leopold. Sie wirkten aufs Höchste erregt und durcheinander. Als sie einige Schritte zur Seite gingen, um einer uniformierten Frau zu folgen, sah ich, wie ein Mann einen großen, länglichen, am Boden liegenden schwarzen Sack verschloss. Ich gewahrte darin einen Toten und erhaschte einen Blick auf das erstarrte Gesicht, bevor der Sack endgültig zugezogen wurde. Erschrocken hielt ich mir die Hand vor den Mund. Es war der Gast, der sich bei der Führung so aufgeregt hatte. Erstarrt fixierte ich die Szene. Aus den Umstehenden löste sich seine weibliche Begleitung, seine Freundin oder Frau. Schreiend warf sie sich über den Toten. Polizisten zogen sie zurück, redeten auf sie ein und versuchten sie zu beruhigen. Ich weiß nicht, ob sie darum bat, ihn noch einmal sehen zu dürfen, oder ob sie ihn identifizieren musste, jedenfalls wurde der Sack nochmals einen Spalt weit geöffnet. Als sie den Toten erkannte, brach sie zusammen. Im selben Moment schaute Sophia zu meinem Balkon empor, entdeckte mich und stürmte ins Haus. Es kam mir vor, als wären nur Sekunden vergangen, bis meine Tante mich weinend in ihre Arme schloss. »Oh mein Gott. Es tut mir so leid, dass du das mitansehen musstest, Helena«, sagte sie mit zittriger Stimme.

In meinem Kopf schwirrten tausend Gedanken und Fragen herum. Was war passiert? Ich war mir sicher, dass es etwas mit dem Wald zu tun hatte. War der Mann absichtlich und provokativ in den Wald gegangen? Hatte er seiner Begleiterin beweisen wollen, dass Elisas Aussagen gelogen waren? Oder hatte ihn eine Kreatur hineingezogen? *Wie* war er gestorben? Musste er leiden? Angst und Panik krochen von meiner Schädeldecke bis in die Zehen. Sophia drückte mich fest an sich und ich vergrub mein Gesicht an ihrer Schulter. Als ich den Kopf wieder hob und meine Augen aufschlug, sah ich zufällig zum Wald und beobachtete ein Funkeln zwischen den düsteren Baumkronen. Aufgeregt richtete ich meine volle Aufmerksamkeit auf den wandernden Punkt. Ich löste mich von meiner Tante, doch als ich wieder hinsah, war dort nichts mehr als Dunkelheit. Ich rieb mir die Lider. Sophia deutete dies als Zeichen meiner Müdigkeit und bot an, bei mir zu übernachten, falls ich Angst hätte. Ich lehnte ihr Angebot ab.

»Das ist lieb von dir, aber du kannst ruhig bei Leopold schlafen. Ich melde mich, wenn etwas ist.«

Sophia blieb noch eine Weile bei mir und als sie ging, wusste ich, dass ich in dieser Nacht kein Auge zumachen würde.

6. Kapitel

Ich verbrachte die nächsten Stunden in dem Hängestuhl und schaute in den sternenverhangenen Nachthimmel, während der Rest der Welt tief und fest schlief. Am Tag nach dem grausamen Vorfall erfuhr ich einige Details. Der Name des Toten war Maximilian Wagner. Er war 28 Jahre alt und mit seiner Verlobten, Laura Fischer, in Villa Anna. Sie kamen beide aus Wien, Österreich. Laura hatte diesen Urlaub schon länger mit einer Freundin geplant, leider war diese krank geworden. Maximilian, der von dem Hype um die Vampire nichts hielt, sprang kurzfristig ein. Bereits im Vorfeld hatte es zwischen dem Paar viele Diskussionen über diese Reise gegeben. Am besagten Abend kam es wieder zu einem heftigen Streit und ich lag mit meiner Vermutung richtig. Er wollte ihr beweisen, dass es in der heutigen Welt weder verhexte Wälder noch übernatürliche Wesen gab. Als er drohte, dass er mehr als einen Fuß in den Wald setzen würde, glaubte sie ihm zunächst nicht. Seine letzten Worte an Laura waren: »Ich werde es filmen. Wenn ich gleich lebendig zurückkomme, werde ich das Video veröffentlichen und dieses ganze Theater hier auffliegen lassen. Danach will ich von dir nie wieder ein Wort über Vampire oder sonstigen Blödsinn hören!« Schimpfend machte er sich nach dieser Verabschiedung davon. Laura gab im Verhör an, dass er eher zu den Hunden gehörte, die bellten, aber nicht zubeißen würden. Deshalb hatte sie ihn nicht zurückgehalten. Sie wollte ihm Zeit lassen, damit seine Wut verrauchte. Während sie mit ihrer Freundin telefonierte, schritt er jedoch zur Tat. Was passierte, als er den Wald betrat, konnte Sophia nicht erzählen, weil sie es selbst nicht wusste. Jedenfalls hörte Leopold Schreie und sperrte den Hintereingang ab. Dann rief er, das Schlimmste befürchtend, die Polizei und verlangte nach einem Krankenwagen. Für Maximilian kam jede Hilfe zu spät. Die Lage, in der er aufgefunden wurde, erstaunte die Polizisten, sein Körper lag zur Hälfte im Wald und zur anderen auf der Wiese davor. Wie meine Tante erzählte, wurde Laura von einem Kriseninterventionsteam psychologisch betreut. Sie stand unter Schock und weigerte sich, nach Hause zu fahren. Sie befürchtete, dass sie dort nicht mehr seine Nähe spüren könnte. Sie verschanzte sich in ihrem Hotelzimmer und empfing dort Besuch. Nacheinander checkten Familienmitglieder und Freunde im Hotel ein und leisteten Laura Beistand. Nach einer Welle des Entsetzens, welche die Hotelgäste erfasst hatte, gaben meine Verwandten alles daran, dass wieder Normalität in den Hotelalltag einkehrte. Die nächsten Wochen zogen wie im Flug an mir vorbei. Zunächst half ich in der Kinderbetreuung mit, danach unterstützte ich Alfio in der Konditorei. Von früh bis spät führte er mich in die hoteleigene Patisserie ein. Ich lernte die verschiedensten Backwaren herzustellen. Von Pralinen, Macarons und Süßspeisen bis hin zu Massen, Teigen und Desserts und vielem mehr. Das hoteleigene Angebot war sehr umfangreich. Die Arbeit war sowohl körperlich als auch geistig anstrengend. Am Ende des Tages rauchte meist mein Kopf und ich war froh zu sitzen und mich ausruhen zu können. Trotzdem konnte ich oft bis weit nach Mitternacht nicht schlafen. Zum einen wollte ich den Albträumen von Maximilian, die mich regelmäßig heimsuchten, entkommen, zum anderen wartete ich Nacht für Nacht darauf, das Funkeln noch einmal zu sehen. Wieder einmal saß ich in meinem gemütlichen Hängestuhl und betrachtete den Wald. Viel konnte ich im Schein der schwachen Lichter des Hotels in der Dunkelheit nicht erkennen. Nur grobe Umrisse, aber das war auch besser so. Umso deutlicher würde ich das Funkeln erkennen. Zweimal war es an derselben Stelle wieder aufgetaucht. Ich fragte mich, ob ich es mir vielleicht nur eingebildet hatte. Es könnte dort beispielsweise ein Forschungsgerät installiert sein, das dazu diente, irgendwelche Signale zu empfangen. Ich hätte gerne Sophia oder Leopold danach gefragt, aber wenn sich kein solches Gerät dort befand, schickten sie mich womöglich nach Hause, weil sie dachten, dass mich das tragische Ereignis zu sehr mitgenommen und durcheinandergebracht hatte. Meinen Eltern hatten wir den Vorfall bewusst verschwiegen. Sie würden es auch nicht aus den Zeitungen oder über andere Nachrichtenkanäle erfahren. Die italienischen Medien gaben sich, wenn sie überhaupt über Geschehnisse dieser Art berichteten, stets größte Mühe, solche Unfälle, wie sie es nannten, nicht aufzubauschen. Mir blieb keine Wahl, ich musste es selbst herausfinden. Ich warf einen Blick auf die Uhr. Es war 23:49 Uhr. Die Rezeption war 24 Stunden besetzt, das hieß, die Türen des Hotels waren geöffnet. Nach kurzem Zögern kroch ich aus meinem bequemen Sessel. Ich tauschte meine helle Kleidung gegen eine schwarze Jeans und ein olivfarbenes Top. Die Flipflops warf ich gemeinsam mit dem Handy in meine Tasche, die ich mir umhängte. Auf Zehenspitzen und barfuß schlich ich aus dem Raum. Fünf Sekunden später stand ich wieder in meinem Zimmer. War ich denn verrückt geworden? Ich konnte doch nicht einfach da rausgehen! Was war mit mir los? Ich war stets vernünftig und durchdachte jeden meiner Schritte genauestens. Lieber machte ich einen zu wenig als einen zu viel. Ich war auch nicht der Abenteuertyp. Ich erinnerte mich, dass mich Irmgard und Valentina in der 5. Klasse überredeten, mit ihnen an unserem abgelegenen Weiher zu zelten. Es kostete mich viel Überwindung in der Nähe des Waldrandes mitten im Schilf mit ihnen das Nachtlager aufzubauen. Der Gipfel war, dass unsere einzige Taschenlampe, kaum hatten wir es uns im Zelt bequem gemacht, den Geist aufgab. Mein Gehörsinn war gefühlt ums Dreifache geschärft. Ich hörte alles, selbst das kleinste Rascheln des Schilfes und das leiseste Plätschern der Wellen. Die Gruselgeschichten, die Irmgard zu erzählen begann, machten es nicht besser. Bei jedem geringsten Geräusch fing ich an zu zittern oder kreischte los. Es dauerte nicht lange, und Irmgard und Valentina ließen sich von meiner Panik anstecken. Je mehr unbekannte Geräusche wir zu hören glaubten, desto weniger trauten wir uns die Aktion abzubrechen und im Dunkeln nach Hause zu spazieren. Ein Jäger, der unser Barmen hörte, erlöste uns schließlich aus unserem Zelt und brachte uns nach Hause. Ich war noch nie so dankbar, in meinem eigenen Bett zu liegen. Es überraschte mich, dass ich hier in Villa Anna (auch wenn seitdem Jahre vergangen waren) so mir nichts, dir nichts meine persönlichen Grenzen überschreiten wollte. Ich war verwundert, dass meine Neugier es schaffte, meine Ängstlichkeit zu übertrumpfen. Vermutlich hatte ich Letztere schon überwunden, als ich mich für dieses Praktikum entschieden hatte …

7. Kapitel

Es vergingen weitere Tage und Nächte. An einem der folgenden Abende nickte ich in dem Hängestuhl ein. Es weckte mich ein Gegenstand, der unvermittelt in meinen Schoß fiel. Ich zuckte zusammen und öffnete meine Augen. Im schwachen Licht der Laternen vor dem Haus erkannte ich, dass es ein Buch war. Ich nahm das Buch, stand auf, ging zum Bett und schaltete das Nachtlicht an. Sanft strich ich über den Einband. Es hatte einen altertümlichen, braunen Umschlag. Auf der Vorderseite war ein Ornament eingraviert. Als ich genauer hinsah, erkannte ich, dass inmitten der Verzierung mein Name, in verschnörkelten Buchstaben, geschrieben stand. Mein Herz pochte. Wo kam dieses Buch her? Wieso befand sich mein Name darauf? Ich sprang auf und stellte fest, dass die Zimmertür nach wie vor abgesperrt war. Wer hatte Zugriff zu den Ersatzschlüsseln? Es musste sich jemand Zugang zu meinem Zimmer verschafft haben. Ich war hin- und hergerissen, ob ich Sophia und Leopold wecken sollte. Unsicher setzte ich mich auf das Bett und schlug zaghaft das Buch auf. Vorsichtig blätterte ich in den gelblichen Seiten und stellte fest, dass diese seltsamerweise leer waren. Verwirrt legte ich das Buch zur Seite. Eine Art Tagebuch für mich? Das war bestimmt von keinem Fremden. Möglicherweise ein Geschenk von Sophia. Ich wusste zwar nicht, warum sie es mir in der Nacht gebracht hatte, aber das konnte sie mir bestimmt am nächsten Tag erklären. Erleichtert löschte ich das Licht und kuschelte mich in die weiche Decke.

Kurz bevor ich einschlief, wurde ich geblendet. Ich öffnete erneut die Augen und starrte fassungslos auf das nun aufgeschlagen auf meinem Nachttisch liegende Buch, aus dem ein feiner, glitzernder Luftschleier stieg. Ich kam kaum zum Nachdenken oder dazu, irgendwie zu reagieren, denn da begannen vor meinen Augen Buchstaben auf magische Weise über der Seite zu tanzen. Völlig gefesselt starrte ich auf den Luftschleier, der sich zu einer weißen, fast transparenten Feder formte und zu schreiben begann.

Hallo Helena, du brauchst keine Angst zu haben. Bist du hier?

Die Feder, die genug Licht ausstrahlte, dass ich kein zusätzliches Licht benötigte, um mich zu orientieren, wanderte in meine Hand. Bedauerlicherweise fühlte sie sich zu real an, als dass ich sie einem Traum zuordnen konnte. Ich nahm all meinen Mut zusammen, legte das Buch auf mein Kopfkissen, nahm die Feder zwischen Zeigefinger und Daumen und antwortete.

Ja. Wer bist du? Wie kommt das Buch zu mir?

Langsam flog die Feder wieder über die Seite. Es bildete sich abermals der Luftschleier und die Buchstaben wirbelten durcheinander.

Mein Name ist Mila. Du hast mich gesehen und ich brauche deine Hilfe.

Das Funkeln, schoss es mir durch den Kopf. Ich habe es mir also nicht nur eingebildet. Auf der Seite erschienen neue Sätze.

Ich habe festgestellt, dass einige Gäste nachts am Waldrand spazieren gehen. Meistens kommen sie in Gruppen, sie sind voller Spannung und führen Fackeln bei sich. Nur du bist nie dort. Einmal hast du versucht zu kommen, aber für diese Art Nervenkitzel bist du nicht der Typ ☺. Ich habe dir dieses Buch geschickt, um auf diese Weise Kontakt mit dir aufzunehmen.

Meine Pupillen weiteten sich. Diese Mila wusste viel über

mich, aber aus irgendeinem Grund schreckte mich das nicht ab. Im Gegenteil. Ich wollte mehr über sie erfahren und sie kennenlernen. Die Feder glitt in meine Hand und ich schrieb Mila zurück:

Du schätzt mich richtig ein. Wobei brauchst du Hilfe? Und warum hast du hierfür ausgerechnet den mutlosesten Menschen unter all den Gästen dieses Hotels auserwählt?

Ich ließ mich in mein Kissen fallen und fixierte ungläubig die Decke. Passierte mir das gerade wirklich? Würde mir das später irgendjemand glauben? Weiter kam ich mit meinen Gedanken nicht, denn da schwebte das Buch in meine Hände.

Du hast andere Eigenschaften, auf die ich Wert lege. Du bist loyal, ehrlich und zuverlässig. Ich weiß, dass ich dir vertrauen kann. Du kannst mir umgekehrt auch vertrauen, ich verspreche es. Bist du bereit dich mit mir zu treffen?

Diese Frage stellte ich mir auch. War ich bereit mich mit Mila, was oder wer auch immer sie war, zu treffen? Hatte ich eine Wahl? Ich antwortete.

Willst du dich jetzt mit mir treffen? Es ist zwar bereits sehr spät, aber die Gefahr besteht trotzdem, dass mir mein Onkel oder meine Tante über den Weg laufen. Oder jemand von den Angestellten. Was für eine Erklärung gebe ich denen, dass ich um diese Zeit unterwegs bin, oder kommst du zu mir?

Einen Wimpernschlag später formte sich die Antwort.

Für heute würde ich dich bitten zu mir zu kommen. Ich kümmere mich darum, dass dich niemand sieht. Mach dir keine Sorgen. Ich warte am Waldrand auf dich.

Die Feder schwebte in meine Richtung, als ich nicht nach ihr griff, pendelte sie abwartend auf und ab. Ich überlegte, aber ich konnte mich nicht überwinden.

Liebe Mila, sei mir bitte nicht böse, aber ich kann heute nicht kommen. Ich muss das alles erst verarbeiten.

Sie schrieb ...
Das kann ich verstehen. Ich warte, bis du so weit bist. Behalte dieses Buch und betrachte es als ein Geschenk. Sobald du das Buch aufschlägst, manifestiert sich deine Feder und du kannst schreiben ...

Am nächsten Tag dekorierte ich mit Alfio eine Torte und hatte den restlichen Nachmittag frei. Ich entschied mich diesen am Strand zu verbringen. Gut gelaunt verließ ich das Hotel über den Hinterausgang, da ich noch Müll wegzuwerfen hatte. Ich schob den Deckel der Tonne auf und spürte eine seltsame Kälte, die vom nahen Waldrand auszugehen schien. Ich sah auf und entdeckte Laura am Waldrand. Vor Schreck ließ ich den Deckel los, der krachend zufiel. Laura drehte sich in meine Richtung. Oh nein, sollte ich irgendetwas zu ihr sagen? Was sagt man jemandem, der auf so grausame Weise seinen Partner verloren hat? Dass es einem leidtat? Unsicher wandte ich den Blick ab und wollte schon weitergehen.

»Helena?«, rief sie mir nach.

Ich machte kehrt und ging langsam in ihre Richtung. Sie verharrte genau an der Stelle, an der ihr Verlobter vor wenigen Wochen tot aufgefunden wurde. Sehr dicht am Wald. Was hatte sie vor?

»Kann ich dir helfen?«, fragte ich vorsichtig, als ich sie erreichte. Laura sah mich an. Ihre Augen waren verquollen und sie sah mich aus roten Schlitzen an. Ihr Gesicht war blass und von der Trauer zerfurcht. Sie tat mir unendlich leid. Es schmerzte mich auch für sie, dass sie damit leben musste, im Streit mit dem Menschen, den sie liebte, auseinandergegangen zu sein.

»Hast du gerade Zeit?«, fragte sie schluchzend. Ich nickte und stellte meine Badetasche, in die ich meine Badesachen, eine Luftmatratze und einen Imbiss eingepackt hatte und die mit der Zeit schwer wurde, auf dem Boden ab.

»Weißt du, ich wollte mir eine Auszeit von der Trauerarbeit nehmen. Von den Gesprächen mit den Psychologen, den Familienmitgliedern und Freunden. Versteh mich nicht falsch. Ich bin wirklich jedem Einzelnen dankbar für seine Zuwendung, aber ich kann nicht mehr. Ständig erzähle ich alles wieder von vorne. Von gemeinsamen Erlebnissen, welcher Mensch er war, wie er gestorben ist ...«, seufzte Laura und machte eine kurze Pause.

»Deine Tante schaut jeden Tag nach mir. Ich freue mich immer, wenn sie mir Trost zuspricht. Um nicht über mich zu reden, habe ich sie gebeten mir von ihrem Leben zu erzählen. Sie hat mir auch Fotos gezeigt, deshalb habe ich dich gleich erkannt«, fügte sie hinzu. Ich merkte, dass ihr das Sprechen schwerfiel, deshalb versuchte ich zum Kern zu kommen.

»Was kann ich für dich tun?«

Laura putzte sich die Nase und berichtete, dass am heutigen Tag ein Gedenkkreuz für ihren Freund eintreffen sollte. Sie hatte es eigens anfertigen lassen, um es am Waldrand aufzustellen. Sie hatte mit ihrer Schwester, die sich derzeit in Villa Anna aufhielt, vereinbart, dass sie es selbst in Empfang nehmen und aufstellen wollte. Laura wollte diesen Moment, der ihr ihren Freund noch einmal nahebrachte, für sich alleine haben. Nun war es so, dass sich der Lieferant verspätete und sie keine Kraft mehr hatte, noch weiter zu warten. Sie fragte mich, ob ich ihr den Gefallen tun und bleiben konnte, bis das Gedenkkreuz eintraf.

»Selbstverständlich werde ich das machen«, erwiderte ich. Laura bedankte sich und entschuldigte sich, dass sie mich aufhielt und ich nicht direkt zum Strand gehen konnte.

Wie schon an meinem ersten Tag, als ich auf den Gast wartete, setzte ich mich ins Gras. Prüfend sah ich mich um. Nachdem Laura im Hotel verschwunden war, war weit und breit kein weiterer Gast oder Mitarbeiter in Sicht. Da ich mich bei Tageslicht sicherer fühlte als in der Dunkelheit, wagte ich es und nahm jeden erkennbaren Winkel des Waldstücks vor mir in Augenschein.

»Mila, bist du hier?«, flüsterte ich.

Stille.

Eine ähnliche Kälte, wie sie mich bei den Mülltonnen ergriffen hatte, streifte mich und ließ mich frösteln.

Ich bin da, aber ich kann mich nicht zeigen. Bei Tageslicht ist es zu gefährlich. Ich kann meine Kräfte in eurer Menschenwelt bei Sonnenlicht noch nicht angemessen benutzen. Im Mondschein fällt es mir leichter.

Ich erschrak, als ich die geisterhafte Stimme in meinem Kopf vernahm. Ihr reiner und freundlicher Klang führte jedoch dazu, dass sich mein Puls schnell wieder normalisierte.

»Was vermagst du alles? Wie soll ich mir dich vorstellen?«, fragte ich neugierig. Es war komisch, mit jemandem zu sprechen, den man nicht sah. Ich hoffte, dass mich niemand von den Hotelgästen oder Angestellten hörte.

Ich bin ungefähr halb so groß wie du. Vielleicht sogar noch ein bisschen kleiner. Meine Haare haben die Farbe von Mahagoni. Sie sind zu einem schulterlangen Bob geschnitten und verstecken meine spitzen Ohren. Meine Augen sind groß und smaragdgrün. Hm ... wie beschreibe ich dir mein Gesicht? Ich habe keine Pickel, einen hellen Teint, eine kleine Nase, geputzte und noch vollständige Zahnreihen. Meine Statur nenne ich mal normalgewichtig. Hast du ein ungefähres Bild von mir?

»Ja, das habe ich. Dass ich lange kastanienbraune Haare und haselnussbraune Augen habe, brauche ich dir alles nicht zu erzählen, oder?«, fügte ich lächelnd hinzu. Es war ein merkwürdiges Gefühl, dass sie unsichtbar war und mir wahrscheinlich in diesem Moment gegenübersaß. Oder war sie hinter mir oder sogar über mir?

Nein, du brauchst mir von dir nichts zu erzählen, sagte sie und lachte ebenfalls.

Du hast gefragt, was ich alles kann. Ich bin eine Fee und habe Anteile einer Elfe. Es gibt unterschiedliche Arten dieser Spezies. Die, zu der ich gehöre, verfügt über Zauberkräfte. Jedoch können wir diese nicht automatisch in voller Kapazität benutzen. Diese Gabe muss erst erlernt werden. Manche erlangen die vollständigen Fähigkeiten erst im hohen Alter.

Dass Mila zaubern konnte, hatte ich mir schon gedacht. Allerdings hatte ich eher eine Hexe als eine Fee in ihr vermutet.

»Wie alt könnt ihr werden und wie alt bist du selbst?«, wollte ich wissen.

Das ist sehr unterschiedlich. Die älteste Fee, die ich kenne, ist 276 Jahre alt. Man munkelt, dass ihre Großmutter 312 Jahre alt wurde. Ich dagegen, mit meinen 87 Jahren, bin noch sehr jung.

Ich prustete los.

»*Ich habe es schon mitbekommen, dass für euch Menschen 87 alles andere als jung ist. Manche Menschen erreichen dieses Alter auch gar nicht erst. Meine Feenart ... Achtung!*«

»Ist alles in Ordnung mit Ihnen?«, hörte ich plötzlich eine verwirrte, männliche Stimme fragen. Mein Lachen erstarb, peinlich berührt erhob ich mich und stand einem älteren Postboten gegenüber. Oje, was gab das für ein Bild ab?

»Alles o. k. Liefern Sie das Gedenkkreuz für Maximilian Wagner?«

»Richtig. Sind Sie Laura Fischer?«, wollte er wissen, während ich auf einem Zettel die Annahme des Paketes bestätigte.

»Nein, aber ich nehme das Paket für sie in Empfang.«

Er überreichte mir das Paket, ich wartete, bis er verschwand, verabschiedete mich von Mila und eilte zur Rezeption, um es dort abzugeben.

Ich ließ mich auf meiner Luftmatratze eine gefühlte Ewigkeit im Meer treiben. Ich genoss die sanften Wellen, das angenehm temperierte Wasser an den Händen und Füßen und die warmen Sonnenstrahlen, die meine Haut berührten. Ich schloss die Augen und dachte mir, dass der Aufenthalt hier sicher auch meiner Familie gefallen würde. Auch wenn sie mich manchmal alle ganz schön nervten, fehlten sie mir ein bisschen.

»Helena! Kannst du kurz kommen?« Von Ferne drangen Stimmen zu mir.

Ich öffnete die Augen und erkannte Sophia und Leopold, die winkend am Strand standen. Ich rutschte von der Luftmatratze, trieb sie vor mir her und schwamm zu ihnen. Als ich ans Ufer watete, hielt mir meine Tante ein Handtuch hin. Ich tapste über den heißen Sand bis zu meiner Liege. Meine Verwandten folgten mir und nahmen auf der gegenüberliegenden Liege Platz.

»Ich habe euch noch nie im Wasser gesehen. Geht ihr denn nicht gern baden?«, wollte ich wissen. Sie lächelten.

»Doch, aber meistens sehr früh. Bevor der Betrieb losgeht und die ersten Gäste aufwachen, schwimmen wir häufig ein paar Bahnen«, antwortete Leopold. Das klang logisch. Sie waren beide ziemlich eingespannt und kamen tagsüber nicht dazu. Aber warum waren die zwei nun hergekommen? Ich sah sie sonst bei Tag nur zwischendurch auf einen Sprung, meistens trafen wir uns erst am Abend.

»Habe ich etwas falsch gemacht? Wollt ihr mich heimschicken?«, fragte ich bestürzt auf gut Glück.

»Um Gottes willen, nein!«, rief Sophia, setzte sich neben mich und legte mir eine Hand über die Schulter.

»Du bist die beste Praktikantin, die wir je hatten. Alfio zum Beispiel lobt dich in den höchsten Tönen. Er ist total begeistert davon, wie schnell du dir die einzelnen Zutaten für jedes Gebäck merken kannst und wie überaus geschickt du dich in der Herstellung verschiedener Waren anstellst«, fügte sie hinzu. Ich fühlte mich geschmeichelt, wusste aber, dass sie nicht gekommen waren, um mir zu sagen, was Alfio von mir hielt. In diesem Moment räusperte sich Leopold.

»Wir haben gerade einen Anruf erhalten, dass wir nach Rom zu einer Konferenz reisen müssen. Wir hatten gehofft, dass sie erst wieder in einem Jahr stattfindet. Doch nun wurde sie doch einberufen. Es ist Pflicht für alle Hoteliers, daran teilzunehmen. Dort werden neue Lizenzen verteilt und es gibt jede Menge Papierkram zu regeln. Leider müssen wir zwei bis drei Tage verreisen. In zwei Stunden geht bereits unser Flieger. Es tut uns wirklich leid. Meinst du, du schaffst es, einige Tage ohne uns auszukommen?«, fragte Leopold.

»Ihr werdet mir fehlen, aber drei Tage gehen schnell vorüber«, antwortete ich. Sie versicherten mir, dass sie Kontakt zu mir halten wollten, und gaben mir etliche Telefonnummern von Leuten, die ich anrufen sollte, wenn ich etwas bräuchte.

8. Kapitel

Durch meine Bekanntschaft mit Mila fühlte ich mich nach der Abfahrt meiner Verwandten in Villa Anna und diesem fremden Land nicht ganz so alleine. Ich beschloss noch am selben Abend, dass es Zeit war, sie zu treffen. Ich knipste mein Nachtlicht an, kramte das Buch unter meinem Bett hervor und schlug es auf. Wie Mila angekündigt hatte, manifestierte sich die Feder. Ein glitzernder Luftschleier wirbelte vor mir auf, bis er die Gestalt der Feder annahm. Ich nahm sie in die Hand und schrieb ...

Liebe Mila, ich hätte jetzt Zeit.

Prompt tanzten Buchstaben magisch durcheinander, bis sie sich auf dem Papier zu Wörtern und Sätzen zusammensetzten.

Ich bin da. Bist du bereit, kann ich mich zeigen?

Entgeistert sah ich mich um. Sie war hier? Ich holte tief Luft und schrieb, *ja*. Es dauerte nicht lange und direkt neben mir, in der Hängeschaukel, sammelte sich Rauch. Zunächst war er weiß, dann färbte er sich in verschiedenen funkelnden Grüntönen. Er verpuffte und ich gewahrte eine kleine Gestalt in dem Sitz. Mila. Sie sah genauso aus, wie sie sich beschrieben hatte. Auf der Wiese schien mir alles so unrealistisch, aber nun, da sie mir in ihrer zierlichen Erscheinung lebendig gegenübersaß, vergaß ich beinahe zu atmen. Ich war völlig fasziniert von ihrem Anblick.

»Das ist unglaublich«, sagte ich staunend. Ihre beeindruckenden, schimmernden Augen musterten mich neugierig.

»Schön, dich zu sehen, Helena. Oder anders gesagt, schön, dass du mich endlich siehst«, korrigierte sie sich und wir kicherten beide.

»Mich freut es auch, dich zu sehen. Obwohl, an die Tür zu klopfen wäre auch eine Option gewesen«, gab ich zu bedenken. Sie erhob sich und zwei filigrane Flügel wuchsen aus ihrem Rücken. Sie waren beinahe transparent. Als sie sich vollständig entfaltet hatten, funkelten sie prächtig. Dieses Funkeln war es auch, das ich durch mein Fenster beobachtet hatte.

»Das sieht wunderschön aus«, bemerkte ich beeindruckt. Mila strahlte mich an und hob ab. Ihre Flügel hoben und senkten sich langsam und gleichmäßig. Sie drehte ein paar elegante Runden durch das Zimmer und ließ sich dann neben mir auf dem Bett nieder. Mir brannten unendlich viele Fragen auf der Seele. Während unseres Gesprächs auf der Wiese hatte sie von *ihrer Art* gesprochen. Wie viele andere Arten gab es wohl noch und wie unterschieden sich diese von Milas Gattung? Die einzigen Kreaturen, von deren Existenz die Menschheit in diesem geheimnisvollen Wald zu wissen glaubte, waren die Vampire. Was war mit ihnen? War das ein Mythos oder hausten sie ebenfalls dort? Ich war mir sicher, dass die Zeit kommen würde, in der ich auf all diese Fragen eine Antwort bekommen würde.

»Mila, du hast mir geschrieben, dass du meine Hilfe benötigst. Wobei?«, fragte ich. Sie ließ den Kopf sinken. Als sie zu mir aufsah, waren ihre Augen mit Tränen gefüllt.

»Ich will wieder nach Hause, in den Wald. Du bist wahrscheinlich die Einzige, die mir dabei helfen kann.«

»Natürlich ist der Wald dein Zuhause. Warum fliegst du nicht einfach hin und spazierst hinein? Also, ich meine ... Ich glaube, ich verstehe das Problem nicht«, sagte ich. Mila lächelte schwach und erzählte mir ihre Geschichte.

»Der Wald, das Territorium der Übernatürlichen, wird von einem magischen Band eingezäunt. Diese Umfriedung wurde notwendig in den Zeiten der Hexenverbrennungen, als nicht nur Hexen, sondern auch andere Übernatürliche erbarmungslos verfolgt und zu Tausenden grausam getötet wurden. Die meisten unter ihnen waren jung und unerfahren. Sie beherrschten ihre Kräfte noch nicht in vollem Ausmaß, was sie zu einer leichten Beute machte. Jedoch wurden diese erschreckenden Zahlen von der Geschichtsschreibung geheim gehalten und nicht aufgezeichnet, um keine Unruhe in der Bevölkerung zu schüren. Ein mächtiger Zirkel hat in jener Zeit einen Zauber entwickelt und ihn über dem Wald gesprochen. Dieser Zauber bildet den Schutz des Waldes und unseres Lebensraums. Das magische Band kann kein Mensch je lebend durchbrechen. Ein menschliches Wesen, das in den Wald eindringt, ist todgeweiht. Umgekehrt ist es so, dass wir Übernatürlichen den Wald zwar einigermaßen unbeschadet verlassen können, jedoch können wir nicht mehr durch das Band zurückkehren. Wer sich entscheidet zu gehen, geht für immer.«

Elisa hatte also nicht gelogen. Für Menschen war der Wald nicht gedacht, er war das Reich der Übernatürlichen. So wie umgekehrt die Welt außerhalb des Waldes wahrscheinlich nicht für die Übernatürlichen geeignet war.

»Du bist nicht freiwillig durch das Band gegangen, oder? Wie in Gottes Namen kann ich dir helfen zurückzukommen, Mila? Ich hoffe, du hast einen Plan!«, entsetzt blickte ich sie an. Traurig ließ sie die Schultern hängen.

»Okay, der Reihe nach. Wer ist schuld, dass du nicht mehr im Wald leben kannst?«, wollte ich wissen, um einen Anhaltspunkt zu haben.

»Maximilian Wagner«, hauchte sie und ich riss die Augen auf.

»Was? Was ist passiert?«

»In dieser Vollmondnacht, in der er starb, habe ich wie

immer genauestens geprüft, ob sich ein Mensch in der Nähe des Waldes aufhält. Du musst wissen, in der Nähe des magischen Bandes, an der Grenze, wachsen die größten und schönsten Beeren und Kräuter. Der Boden dort ist sehr fruchtbar und bei Vollmond ernten wir die Güter. In jener Nacht pflückte ich einen Korb voller Früchte und Pflanzen ... Als ich fertig war und zu meiner Hütte zurückkehren wollte, ging alles unglaublich schnell. Als ich mich konzentrierte, um den Zauber zu sprechen, der meine Flügel wachsen lässt, geschah es. Ich bemerkte viel zu spät, dass sich mir ein Mensch näherte. Ein wütender Mann leuchtete mit einer Taschenlampe in den Wald. Es war Maximilian Wagner. Er sah mich, durchbrach die Grenze, rannte auf mich zu und packte mich. Ich war wie gelähmt. Erst war ich gar nicht in der Lage zu reagieren, dann vertauschte ich in der Eile die Wörter für den notwendigen Spruch. Maximilian Wagner, der selbst schon mit dem Tod rang, gelang es dennoch, mich durch das Band zu zerren. Damit war mein Schicksal besiegelt. Wenn man durch das Band geht, bedeutet das nicht nur, dass man für immer geht, sondern auch, dass jeglicher Kontakt zu den anderen abgeschnitten wird. Jeder Versuch, jeder Zauberspruch prallt an der Grenze ab. Alle werden denken, dass ich aus eigenem Entschluss und mit voller Absicht verschwunden bin. Sie werden mich hassen. Vor allem er ...« Ihr lief eine feine, schimmernde Träne über die Wange.

»Das ist ja furchtbar«, sagte ich und schlug eine Hand vor den Mund. Sie schluchzte.

»Ich will nicht für immer in der Menschenwelt gefangen sein«, erwiderte sie.

»Ich verspreche dir, dass ich alles daransetzen werde, um dir zu helfen. Was kann ich tun? Und wer ist *er*?«, erkundigte ich mich.

»Er ist Lorenzo. Lorenzo ist mein Bruder. Wir haben nur noch uns und ich hätte ihn nie verlassen. Selbst wenn ich es nicht mehr zurück in den Wald schaffe, kann ich ihn nicht bis ans Ende aller Zeiten in dem Glauben lassen, dass ich ihm das angetan habe«, antwortete sie. Ich versuchte, Mila, deren Tränen unaufhörlich rannen, zu beruhigen, doch sie rang um Fassung und redete weiter. »Nichts dringt zu ihm durch, ich kann ihm keine Nachricht oder ein anderes Signal senden. Für die Übernatürlichen im Wald existiere ich nicht mehr. Du bist meine letzte Hoffnung. Du kannst ihm schreiben.«

Ohne zu zögern, griff ich nach dem Buch. Sie tapste an meine Seite.

»Warte, ich muss quasi erst die Funktionen erweitern.«

Mila streckte die Hand aus. Ein schlangenförmiger silberner Luftstrom wand sich um ihre Finger und ein Stab bildete sich. Mila schloss die Augen, schwang den Stab sanft hin und her und murmelte etwas Unverständliches vor sich hin. Sie sprach so leise, dass ich nicht einmal heraushören konnte, ob es sich um meine Sprache handelte. Als sie die Augen wieder aufschlug, sah ich sie fragend an.

»Sieh selbst«, sagte sie und deutete auf das Buch. Das Buch öffnete sich. Wie gewohnt formte sich die Feder. Sie schwebte zu mir. Als ich nach ihr greifen wollte, verbeugte sie sich. Die Feder richtete sich auf und es blickten mich aus dem Flaum an ihrem Ende zwei kleine Glubschaugen an. Ein winziger Mund zeichnete sich darunter ab und begann zu sprechen.

»Sei gegrüßt, Helena. Ich gehöre dir. Von nun an stehe ich völlig zu deiner Verfügung. Bisher konntest du ausschließlich Prinzessin Mila eine Nachricht senden. Ab heute kannst du mit jedem Bewohner des übernatürlichen

Königreichs in Kontakt treten. Du brauchst mir lediglich den Namen des Empfängers zu nennen.«

Ich starrte abwechselnd die Feder und Mila an.

»Die Feder spricht?! Prinzessin, Königreich?«, brachte ich hervor. Beide lachten.

»Das ist eine sehr lange Geschichte, ich erzähle sie dir, wenn alles vorbei ist«, beteuerte Mila. Ich schluckte und versuchte mich auf meine eigentliche Mission zu konzentrieren.

»Ich möchte Lorenzo schreiben«, sagte ich zur Feder. Sie machte eine einladende Geste. Ich besprach mit Mila, welchen Text ich an Lorenzo übermitteln sollte, und legte los.

Lorenzo?

Gespannt fixierten wir die zwei leeren Buchseiten vor uns. Nach einer Minute, die uns extrem lange vorkam, bildete sich der mittlerweile vertraute Luftschleier. Buchstaben wirbelten durcheinander, bis sie sich zu Wörtern formten.

Wer bist du?

Ich: *Ich bin Helena, es geht um deine Schwester ...*

Lorenzo: *Ich suche Mila bereits seit Wochen. Ich habe jeden Winkel des Waldes nach ihr absuchen lassen. Wo ist sie? Wie geht es ihr?*

Ich: *Mila wurde beim Beerensammeln von einem Menschen überrascht. Sie ist jetzt auf der anderen Seite, deshalb konnte sie dich nicht selbst über dieses tragische Unglück informieren. Ihr geht es den Umständen entsprechend gut. Sie sitzt gerade neben mir.*

Lorenzo: *Das glaube ich erst, wenn ich es mit eigenen Augen gesehen habe! Mila ist vorsichtiger als jeder andere, den ich kenne. Sie wäre die Letzte, der so etwas geschehen würde. Bist du ein Mensch?*

Ich: *Ja, ich bin ein Mensch.*

Lorenzo: *Noch ein Beweis, dass du dir diese Geschichte nur ausgedacht hast. Mila würde niemals einem Menschen vertrauen. Nie! Was willst du? Ist sie deine Gefangene? Nenne mir einen Preis. Was auch immer du verlangst, ich bin bereit, dir alles zu geben.*

Ich: *Lorenzo! Ich will nichts, außer deiner Schwester zu helfen! Sag mir, wie ich dir beweisen kann, dass ich die Wahrheit spreche.*

Lorenzo: *Mit einem Treffen, und wage es ja nicht, mich in eine Falle zu locken!*

Ich legte die Feder zur Seite und holte tief Luft. Was dachte dieser Lorenzo sich? Ich verstand, dass er äußerst angespannt war. Er vermisste seit Wochen seine Schwester, aber ich war in dieser Angelegenheit wahrscheinlich sein geringstes Problem. Mila sah mich flehend an und ich schrieb.

Ich: *Einverstanden, am Waldrand von Villa Anna.*

Lorenzo: *Ich werde da sein.*

9. Kapitel

Ein paar Minuten später fand ich mich mit Mila am vereinbarten Treffpunkt ein. Meine Knie zitterten. Ich redete mir ein, dass ich keine Angst zu haben brauchte. Ich tat es für Mila. Ihren Bruder und mich trennten praktisch Welten. Ich wusste zwar nicht, wie breit dieses Band war, das uns voneinander abschottete, aber er würde mir schon von der anderen Seite der Barriere aus nichts tun können. Die Luft wurde kalt, sodass sich beim Ausatmen kleine Nebelschwaden bildeten. Plötzlich stand er zwischen den Bäumen vor mir. Im Licht der Laternen erkannte ich, dass er größer war als ich. Er hatte breite Schultern, kurzes dunkles Haar, ebenmäßige Gesichtszüge und unglaublich schöne Augen. Sie leuchteten in der Dunkelheit. Der äußere Rand der Regenbogenhaut war schwarz. Im Inneren ging die Farbe über in eine Kombination aus Himmelblau und Eisblau. Vor der Pupille mischten sich türkisgrüne Töne darunter. Einzelne Gelbakzente sammelten sich, als würde sich die Sonne darin spiegeln. Diese Augen waren regelrecht dazu gemacht, sich in ihnen zu verlieren. Ich hatte das Gefühl, abgrundtief hineinschauen zu können, ohne ein Ende zu erkennen. Mila, die meinen Blick sah, ergriff das Wort.

»Bei Tageslicht hat er zwar schöne, aber ganz normale blaue Augen. In der Dunkelheit, wenn wir schärfer sehen als die Menschen, schärft sich auch automatisch die Iris. Details werden sichtbar, die man sonst nicht erkennen kann. Und nun zu dir, Lorenzo: Sei gegrüßt, mein über alles geliebter Bruder!«

»Sag mir, dass ich träume«, erwiderte er leise. Seine

Stimme, die voller Verzweiflung war, versetzte mir einen Stich und nahm mir meine Bedenken um meine eigene Sicherheit. Ja, er war bestimmt stark und hatte höchstwahrscheinlich mächtige Kräfte, aber heute Nacht hatte er andere Sorgen.

»Es tut mir so leid, ich konnte es nicht verhindern«, brachte Mila hervor, ehe sie hemmungslos zu schluchzen begann. Als sie sich nach einer Weile etwas beruhigt hatte, erzählte sie ihm alles der Reihe nach. Als sie ihren Bericht beendet hatte, wandte sich Lorenzo an mich.

»Von jeher waren und sind die Menschen unsere Feinde. Sie haben unzählige unschuldige Übernatürliche gefoltert und getötet. Einen vergleichbaren Verlust habt ihr in eurer Geschichte im Ersten und Zweiten Weltkrieg erlebt. Ihr habt meinesgleichen auf dem Gewissen und innerlich sträubt sich alles in mir dagegen, dass ich die Sorge um die Sicherheit meiner Schwester ausgerechnet einem menschlichen Wesen in die Hände legen muss. Mila hat dich auserwählt. Du bist unsere einzige Chance, dass sie in der Welt außerhalb des Waldes versteckt und beschützt wird. Wenn sie irgendjemand findet, wird sie zum Forschungsobjekt, eingesperrt, wenn nicht gar getötet. So endeten auch diejenigen von uns, die den Wald freiwillig verließen, weil sie glaubten, in eurer Welt ein noch besseres Leben zu haben.«

Ich schluckte schwer. Seine Wut war nachvollziehbar.

»Es tut mir leid, was euch widerfahren ist, aber ich bin hier, um Mila zu helfen. Ich werde sie niemals verraten«, schwor ich.

»Helena hat diese Massenmorde nicht veranlasst! Bis heute wusste sie nicht einmal, dass es sie überhaupt gab. Ja, sie ist ein Mensch, aber sie wurde als einer geboren. Dafür kann sie nichts. Sie will mir helfen, das ist die Wahrheit«, bestätigte Mila.

Lorenzo schloss die Augen; als er sie wieder öffnete, sah er direkt in meine und nickte Mila zu.

»Hört zu. Es ist zu gefährlich hier draußen. Wir haben nicht viel Zeit. Mila, an erster Stelle steht, dass du einen Unterschlupf findest, in dem du, außer vor Helena, vor aller Augen verborgen bist. Die oberste Priorität hat, dass du lernst, dich unsichtbar zu machen.«

Ich schlug Lorenzo und Mila mein Zimmer als Versteck vor. Außer mir hatte keiner einen Zutritt. Auch nicht die Damen vom Housekeeping, denn ich bestand darauf, selbst zu putzen.

»Das wäre wohl das Beste. Ich werde gleich eine Versammlung der Waldbewohner anordnen. Ein Ratsmitglied aus jedem Zirkel soll teilnehmen und ich werde sie über den Grund deines Verschwindens aufklären. Ich bin sicher, dass uns alle ihre Hilfe zusichern werden«, meinte Lorenzo.

Wir vereinbarten, dass das Buch weiter unser Kontaktmittel bleiben sollte, und verabschiedeten uns voneinander. Mila fiel es sichtlich schwer, ihren Bruder zu verlassen, ich im Gegenzug war froh, als ich wieder wohlbehütet in meinem Bett lag. Mila kannte ich ja inzwischen schon und vertraute ihr, aber die unheimliche Begegnung mit Lorenzo, einer weiteren übernatürlichen Kreatur, musste ich erst einmal verarbeiten.

Am nächsten Morgen kitzelte mich etwas an der Nase. Ich war noch halb im Traum, deshalb realisierte ich zunächst nicht, dass es in Wirklichkeit geschah. Schließlich griff ich, die Augen immer noch geschlossen, an meine Nase. Als das Kitzeln nicht aufhörte, schlug ich widerwillig die Augen auf und sah in die Äuglein meiner Feder. Mit einem Satz sprang ich hoch und stand aufrecht auf der Matratze.

»Oh Gott, hast du mich erschreckt«, sagte ich, während ich die Hand auf mein pochendes Herz legte.

»Verzeih mir, Helena. Ich habe mehrmals deinen Namen gerufen, aber leider hast du mich nicht hören können ...«, erklärte sie.

»Was möglicherweise daran lag, dass ich geschlafen habe«, sagte ich gespielt tadelnd.

»Ich habe mir nicht anders zu helfen gewusst«, meinte sie und ihr kleiner Mund verzog sich zu einem Grinsen. Ein vertrautes Gefühl machte sich in mir breit. Es war beinahe wie zu Hause. Dort stürmten meine kleinen Geschwister nahezu täglich, ohne Rücksicht auf Wochenenden, Ferien oder Feiertage zu nehmen, an denen ich ausschlafen könnte, in mein Zimmer und weckten mich, damit ich ihnen ein Buch vorlas oder mit ihnen spielte. Einschlafen konnte ich danach in den meisten Fällen nicht mehr.

»Also, was ist so wichtig, dass du mir meinen Schlaf raubst?«, fragte ich.

»Du hast eine neue Nachricht«, antwortete sie, während sie ungeduldig auf und ab flog. Ich schmunzelte. Okay, die Feder war wirklich wie ein Kind. Das Buch flog in meine Hände. Ich setzte mich und las. Die Mitteilung war von Lorenzo.

Guten Morgen, Helena,
ich hoffe, ihr seid heute Nacht unbemerkt in dein Zimmer gelangt. Heute Nachmittag um 16:00 Uhr findet die Versammlung statt. Ich schreibe dir, sobald sie zu Ende ist.

Prüfend ließ ich meinen Blick durch das Zimmer wandern. »Wo ist Mila?«

»Prinzessin Mila testet gerade verschiedene Sprüche, um sich *unsichtbar* zu machen. Sie wollte dich nicht wecken, deshalb ist sie ins Bad gegangen«, erklärte die Feder. Ich nickte, nahm die Feder in die Hand und antwortete Milas Bruder.

Hallo Lorenzo,
uns hat niemand gesehen. Können wir von hier aus irgendetwas tun, um herauszufinden, wie Mila wieder zurückkommen kann?
Lorenzo: *Nein, außerhalb des Waldes ist es schier unmöglich. Mit der Aufgabe, Mila zu verstecken, fällt dir ohnehin der wichtigste Part zu. Ich melde mich wieder, bis später.*

Inzwischen war Mila aus dem Bad gekommen und hatte die Nachricht von ihrem Bruder ebenfalls gelesen.

»Dem Schreiben nach zu urteilen, wirkt er nicht mehr so feindselig wie heute Nacht«, sagte ich zu ihr. »Was meinst du? Wenn ich antworten würde: Ach, komm schon, bei Facebook würde ein Video von einer Fee, einer sprechenden Feder und einem Menschen bestimmt viele Likes bekommen! Würde der strenge Lorenzo dann den Scherz verstehen?« Wir lachten. Mein Opa sagte immer: »Wenn i jetz ned lach, dann blärr i.« Übersetzt bedeutete das, wenn ich beispielsweise in einer ausweglosen Situation wie dieser nicht lachen würde, dann würde ich weinen. Und manchmal braucht die Seele genau das. Ein Lachen.

In den nächsten Stunden versuchte ich möglichst meinen üblichen Tagesablauf einzuhalten. Er begann mit einem Frühstück. Als die Servicekräfte beschäftigt waren, packte ich ein paar Lebensmittel für Mila in meine Tasche. Danach fiel mir ein, dass wir nie über ihre Ernährung gesprochen hatten. Ich hoffte, dass sie ganz normale Dinge aß, sonst würde ich zusehen können, wie sie verhungerte! Ich eilte zurück ins Zimmer und ließ mir von Mila versichern, dass sie unser Essen vertrug. Danach telefonierte ich mit Sophia und Leopold. Sie würden noch weitere zwei Nächte fort sein. Anschließend half ich Alfio. Für einen Kindergeburtstag im Mini-Club backte und verzierte ich einen Berg Muffins und Cake Pops. Während der Pausen lief ich einige Male in mein Zimmer und besuchte Mila und die Feder. Nach Feierabend las ich am Strand ein Buch, damit niemand einen Verdacht schöpfte. Am Abend aß ich wie immer im Restaurant.

Als ich alles erledigt hatte, war es bereits 18:30 Uhr. Ich war frischgeduscht und saß mit Mila und der Feder auf dem Bett. Gespannt warteten wir auf eine Nachricht von Lorenzo.
»Es wird alles gut«, flüsterte ich Mila zu, die sehr nervös war.
»Seit es diese Grenze gibt, gab es noch nie so einen Fall«, meinte Mila entmutigt.
»Was ist mit dem Zirkel, der sie errichtet hat? Er wäre doch die erste Anlaufstelle. Gibt es ihn noch?«, wollte ich wissen.
»Es handelt sich um einen sehr alten Zirkel. Die Männer und Frauen in diesem Zirkel hatten damals kaum Nachkommen. Die reine Blutlinie ist deshalb praktisch vollständig ausgelöscht. Um auf deine Frage zurückzukommen, der Zirkel existiert noch, aber in einer anderen Form«, antwortete sie. Fragend sah ich sie an.
»Wie meinst du das?«
»Ich selbst habe es noch nie mit eigenen Augen gesehen«, begann sie. Hilfesuchend sah sie die Feder an. Diese blickte ebenfalls grübelnd drein. Dann begann sie zu erklären.
»Du musst dir das so vorstellen, Helena. Im Wald gibt es einen Berg, unter dem sich eine unterirdische Höhle befindet. Dort ...« Plötzlich hielt die Feder inne. Das Buch flog zu uns aufs Bett. Die Seiten blätterten sich bis zur Mitte auf. Der Luftschleier bildete sich, Buchstaben tanzten auf und ab, bis sie sich aneinanderreihten und Worte formten.
Helena, bist du hier?
Die Nachricht war von Lorenzo.

Ich: *Ja, hast du Neuigkeiten?*
Lorenzo: *Gestern stand ich vor einem Scherbenhaufen, aber jetzt habe ich Hoffnung. Es gibt jedoch nur eine einzige Chance und einen einzigen Versuch, Mila wieder in den Wald aufzunehmen.*

Wir drei beugten uns über das Buch und konnten kaum erwarten, die nächsten Zeilen zu lesen. Die Luft war zum Zerreißen gespannt. Ich musste mich zwingen weiterzuatmen. Wie musste es erst Mila ergehen? Ihr Glück war zum Greifen nahe.

»Ich drücke dir die Daumen, dass du heute noch deinen Bruder in die Arme schließen kannst«, sagte ich. Mila warf mir einen dankbaren Blick zu. Einen Wimpernschlag später stand ein Text von Lorenzo auf der Seite.

Silas, ein Ratsmitglied der Vorfahren aus dem alten Zirkel primum maleficis, hat ... Warte, Helena, weißt du überhaupt, was es mit dem alten Zirkel auf sich hat?

Mila klärte mich auf, dass jener Zirkel gemeint war, der einst die Grenze um den Wald gezogen hatte, und danach antwortete ich Lorenzo mit einem *Ja*.

Lorenzo: *Gut. Silas hat noch Kontakt zu den primum maleficis. Als er hörte, dass es um Milas Rettung geht, hat er mir und dem Rat sofort seine Hilfe zugesichert. Er stellte Nachforschungen an und suchte die Gründerin des Zirkels auf. Ihr Name ist Evolet. Als sie vernahm, was mit der Prinzessin des übernatürlichen Königreichs geschehen ist, war sie bereit, ihm für Milas Rettung ein strenggehütetes Geheimnis anzuvertrauen. Evolet erklärte ihm, dass jeder Zauber, der mit dem Satz: »So sei es, für immer, von jetzt bis zum Ende aller Zeiten«, beendet wurde, auch einen sogenannten Öffnungszauber haben musste, sonst konnte er nicht vollzogen werden.*

Bevor ich weiterlas, fragte ich Mila, was ein Öffnungszauber sei.

»Ich habe noch nie von einem vergleichbaren großen Zauber mit einem geheimen Öffnungszauber gehört. Weißt du, was damit gemeint ist?« Mila wandte sich an die Feder. Diese nickte wissend.

»Ich erkläre es euch in einfachen Worten. Die primum maleficis waren und sind die Einzigen in der Geschichte der Übernatürlichen, die je in der Lage waren und sind, ihre Kräfte zu vereinen und durch diese gebündelte Macht solche gewaltigen Zauber zu sprechen. Ist ein solcher Zauber ausgesprochen und vollzogen, kann er nicht mehr rückgängig gemacht werden. Die Worte ›für immer‹ können für einen Übernatürlichen dann eine relativ lange Zeitspanne bedeuten. Was dem einen während dem Sprechen des Zaubers für die Ewigkeit als unabdingbar erscheinen mag, muss nicht auch in hundert Jahren noch gültig sein. Aus diesem Grund muss ein solch unwiderruflicher Spruch ein Schlupfloch beinhalten. Mag es auch noch so klein sein.«

Ich ahnte, dass es gewiss kein Kinderspiel werden würde, sich dieses Schlupflochs zu bedienen.

»Kommt, lesen wir weiter«, drängte Mila.

Der Öffnungszauber besteht aus einer Aufgabe. Von Vollendung des Spruchs bis zum Ende aller Zeiten kann sie, wie bereits erwähnt, nur ein einziges Mal mit einem einzigen Versuch gelöst werden. Danach erlischt der Öffnungszauber und kann nie wieder benutzt werden. Der Öffnungszauber wurde für einen Übernatürlichen geschaffen, der entweder aus freien Stücken oder aber gezwungenermaßen den Wald verlassen hat. Die primum maleficis bestimmen, ob ihnen diese Person als würdig erscheint, wieder in den Wald aufgenommen zu werden. Bisher wurde noch nicht davon Gebrauch gemacht. Es weiß auch kaum einer davon. Wir haben die Chance bekommen und können diese noch heute Nacht nutzen. Die Aufgabe besteht darin, dass ein Mensch mit einer reinen Seele die Flüssigkeit vom unendlichen Grab abfüllen und dem Übernatürlichen übergeben muss.

Wir lösten unseren Blick von den Zeilen und sahen uns gebannt an. In Milas Augen glomm ein Hoffnungsschimmer. Mir dagegen stellten sich Fragen über Fragen, aber das war unwichtig. Was zählte, war, dass Mila schnellstmöglich zurückkehren konnte.

»Ich verstehe überhaupt nichts, aber wir sollten deswegen keine Zeit verlieren«, sagte ich.

»Schreib Lorenzo, dass wir uns in einer Stunde treffen. Bis dahin werde ich einen Rauch mit speziellen Inhaltsstoffen an den Waldrand zaubern. Der Geruch wird die Menschen, dich ausgenommen, anschließend für ein gewisses Zeitfenster von uns fernhalten. Es hält nicht lange an und erfordert viel Kraft, aber mein Bruder kann uns dann alles genauer erklären«, schlug Mila vor.

10. Kapitel

Als wir nach exakt einer Stunde am Waldrand standen, war die Dämmerung bereits weit fortgeschritten. Ich roch nichts, aber der Zauber schien zu wirken, denn keine Menschenseele befand sich in unserer Nähe. Die Feder hatte darauf bestanden, uns zu begleiten. Obwohl Mila sichtlich erschöpft war von dem Zaubern außerhalb des Waldes, richtete sie sich kerzengerade auf, als ihr Bruder aus dem Schatten einer Baumgruppe trat und uns plötzlich gegenüberstand.

»Wie soll das funktionieren?«, fragte Mila. »Kein Mensch kann den Wald betreten, ohne zu sterben!«

»Die primum maleficis leiten den Öffnungszauber ein, wenn ...«, Lorenzo machte eine kurze Pause, seine Augen wanderten zu mir und meine Nackenhaare stellten sich auf.

»... wir dazu bereit sind. Sobald jeder seine Position eingenommen hat, wird es donnern, zum Zeichen, dass es losgehen kann. Es wird funktionieren.«

Alle Blicke waren nun auf mich gerichtet. Sie brauchten einen Menschen zur Vollführung des Zaubers und ich war die Einzige, die in diesem Augenblick zur Verfügung stand und eingeweiht war. Meine Gedanken rasten und Schauer jagten über meinen Rücken. Lorenzo versuchte mich zu beruhigen.

»Ich kann mir vorstellen, dass dir der Gedanke, auf unsere Seite des Waldes zu wechseln, Angst einflößt. Dass du dich wahrscheinlich fühlst wie ein Lamm, das hungrigen Wölfen zum Fraß vorgeworfen werden soll. Die Menschen haben Schauergeschichten über unsere Gewohnheiten,

Lebensweisen und Nahrungsquellen erfunden. Sie haben Bücher darüber geschrieben, Filme gedreht und letztendlich unseren letzten Rückzugsort zu einer sprudelnden Geldquelle umfunktioniert. Das Geschäft mit dem Grusel rentiert sich hervorragend. Ich gebe zu, dass es Dinge gibt, die der Wahrheit entsprechen. Jedoch bei Weitem nicht alles. Du wirst staunen, welch ein fantastisches Reich es für dich hinter dem Band zu entdecken geben wird und auf welche unglaublichen Wesen du treffen wirst. Sei versichert, dass du unter meinem persönlichen Schutz stehst. Dir wird nichts passieren.«

Ich zögerte mit meiner Antwort. Es fiel mir schwer einzuwilligen. Ich wollte Mila ja helfen, aber meinen eigenen Tod dafür in Kauf zu nehmen, schien mir ein zu hoher Preis zu sein.

»Ich würde dir gerne glauben, Lorenzo. Doch ich bin ein Mensch. Es ist noch nicht lange her, da hast du deine Meinung über Menschen deutlich kundgetan. Die anderen Waldbewohner werden ähnlich über mich und meinesgleichen urteilen. Ich wäre also tatsächlich eine leichte Beute für euch. Ich würde den Wald niemals wieder lebendig verlassen können. Wer sagt mir, dass ihr nicht die Chance nutzt, euch an mir stellvertretend für die gesamte Menschheit zu rächen? Ihr hättet in mir ein Sühneopfer für euren jahrhundertelang angestauten berechtigten Hass. Ihr würdet mich in tausend Stücke zerfetzen.«

Lorenzo schüttelte energisch den Kopf. Er trat einen Schritt näher an die unsichtbare Grenze heran und hob die Hand, als wollte er mich berühren.

»Helena, bitte entscheide nicht vorschnell. Ich verstehe, dass du so denkst. Es wäre auch seltsam, wenn du, mit deinem Wissen über das Band und seine Funktion ausgestattet, ohne Bedenken einfach in den Wald hineinschlendern würdest. Lass mich dir meine Sicht erklären. Ja, ich war überzeugt, dass ich den ersten Menschen, der mir über den Weg laufen würde, für alles, was geschehen ist, bezahlen lasse. Bis Mila verschwunden ist. Seitdem hat etwas anderes Vorrang. Das Wichtigste ist, dass meine Schwester in unsere Welt zurückkehren kann. Koste es, was es wolle. Ja, es war mein größter Albtraum zu erfahren, dass sie praktisch in deiner Gewalt war, und ich war rasend vor Zorn. Ich dachte, dass du meiner Schwester dasselbe antun könntest, was deine Vorfahren den meinen zugefügt haben. Dass du ihr wehtun, sie als Laborratte für schmerzvolle und tödliche Versuche verwenden und sie außerdem als Lockmittel benutzen könntest, um mich auch noch zu ergreifen ... Doch später war ich bereit mich zu überwinden. Erinnerst du dich an Milas Worte, als sie darauf pochte, dass du die Wahrheit sagst?«

Ich wusste nicht, worauf er hinauswollte. Lorenzo wiederholte daraufhin Milas Worte noch einmal.

»*Helena hat diese Massenmorde nicht veranlasst! Bis heute wusste sie nicht einmal, dass es sie überhaupt gab. Ja, sie ist ein Mensch, aber sie wurde als einer geboren. Dafür kann sie nichts. Sie will mir helfen, das ist die Wahrheit.*«

Ich nickte stumm und er erklärte, was er in diesem Moment getan hatte.

»Und um zu prüfen, ob dies so ist, habe ich mich geöffnet und zum ersten Mal in das Herz eines Menschen gesehen. In deines, und es war rein. Du bist aufrichtig und gibst meiner Schwester einen sicheren Unterschlupf in der Welt außerhalb des Waldes, dafür bin ich dir ewig zu Dank verpflichtet. Ich bin nicht bereit deinen Artgenossen zu vergeben, aber ich verspreche dir, dass du für deren Gräueltaten nicht büßen wirst.«

Bevor ich darüber nachdenken konnte, ergriff Mila das

Wort. Sie ließ ihre Flügel wachsen und schwebte bis auf Augenhöhe zu mir empor.

»Deine bedingungslose Loyalität werde ich dir nie vergessen. Die Bewohner des Waldes werden erfahren, was du für ihre Prinzessin bisher bereits getan hast. Sie werden dich nicht angreifen. Das ist mein Befehl. Du weißt, wie sehr mich meine Sehnsucht nach dem Wald aufzehrt. Ich will wieder die reine Luft dort atmen, den Wohlgeruch der herrlich duftenden Blumen riechen, über den Bäume dahingleiten, mich nicht mehr verstecken, meine Kräfte wieder entfalten, Lorenzo in die Arme schließen, einfach frei sein ... Dieses eine entscheidende Mal bitte ich dich noch einmal, mir zu helfen. Es ist viel verlangt und ich werde dich zu nichts drängen. Es ist deine freie Entscheidung.«

Mir wurde es schwer ums Herz. Ich konnte Milas Heimweh nur zu gut nachvollziehen, aber die Angst zu sterben saß tief in mir. Die Feder schwebte an meine Seite, öffnete ihr winziges Mündchen und bot an mir beizustehen. Sie meinte, dass sie dadurch, dass sie in meinen Diensten stand, in gewisser Weise mit meiner Seele verbunden war.

»Es könnte dir durch die Grenze folgen«, offerierte sie mir. Lorenzos und Milas Mienen hellten sich auf.

»Das ist ein guter Vorschlag. Helena, würdest du dich sicherer fühlen, wenn dich Cleopha beim Überschreiten der Grenze begleiten würde?«, fragte Lorenzo.

»Cleopha?«, irritiert sah ich die Feder an.

»Du hast einen Namen? Warum habt ihr mir das nicht gesagt?«

Mila und Cleopha setzten einen schuldbewussten Gesichtsausdruck auf.

»Tut uns leid, Helena. Es gab so viel anderes zu besprechen, es muss in der ganzen Aufregung wohl untergegangen sein«, erwiderte Cleopha.

»Wie kann denn etwas so Wichtiges wie ein Name untergehen?«, wollte ich wissen und schmunzelte innerlich. Irgendwie war es auch mein Fehler. Als die Feder, ich meine, Cleopha, zu sprechen begann, hätte ich mich auch nach einem eventuellen Namen erkundigen können. Warum kam mir das nie in den Sinn? Vermutlich weil so viel Neues gleichzeitig auf mich einstürzte. Als Mila Luft holte und zu einer Erklärung ansetzen wollte, winkte ich ab.

»Jetzt weiß ich ja ihren Namen. Wie dem auch sei. Bitte gebt mir noch etwas Zeit zum Nachdenken. Es steht so viel auf dem Spiel. Wenn ich versage, sitzt Mila für immer in dieser Welt fest. Und wenn der Zauber der primum maleficis versagt, bin ich vielleicht auf ewig in eurem Wald gefangen. Ich weiß nicht, ob ich der Aufgabe gewachsen bin. Ich war noch nie besonders mutig. Es tut mir leid ...«

Ohne eine Reaktion der drei abzuwarten, machte ich kehrt und ging zurück in mein Zimmer. Dort angekommen, streifte ich meine Schuhe von den Füßen und wickelte mich in die weiche Bettdecke. Ich wünschte, ich könnte Irmgard oder Valentina um Rat bitten. Oder ihnen zumindest von all dem erzählen, was ich gerade erlebte. Ob sie mir glauben würden, dass ich eine Fee kennengelernt hatte, die ausgerechnet meine Hilfe brauchte? Und dass ich obendrein im Besitz einer magischen Feder war? Ehe ich weiter meinen Gedanken nachhängen konnte, klopfte es. Mein Nachtlicht begann zu leuchten, ohne dass ich den Schalter angefasst hatte. Als ich zur Tür blickte, sah ich dort Mila und Cleopha unschlüssig hin und her schweben. Ich setzte eine verdutzte Miene auf und Cleopha erläuterte ihr zögerndes Auftreten.

»Normalerweise klopft man draußen an der Tür an und wartet, bis man hereingebeten wird. Es wäre zu riskant gewesen zu pochen, deshalb dachten wir, dass wir uns lieber hier drinnen bemerkbar machen. Wenn wir wieder gehen sollen, sag es uns bitte.«

»Quatsch«, sagte ich und deutete auf den Platz neben mir in meinem Bett. Erleichtert ließen sie sich dort nieder und Mila umarmte mich.

»Du brauchst nichts zu sagen, Helena. Es prasseln momentan jede Menge neue Dinge auf dich ein. Ich würde vorschlagen, dass wir jetzt schlafen. Morgen ist ein neuer Tag. Und vielleicht weißt du dann, was du tun willst. Doch egal, was passiert, ich bin froh, dass wir uns begegnet sind.«

II. Kapitel

Barfuß lief ich über das weiche Gras der Wiese und sog förmlich den Anblick jedes Winkels der bekannten Umgebung in mich auf. Ich war wieder daheim. Wie sehr hatte ich das vermisst! Hier verlief das Leben noch unbekümmert und ohne Sorgen.

»Helena, hier bin ich!«, rief meine Oma Johanna und winkte mir fröhlich zu. Strahlend lief ich zu ihr. Es hatte sich also nichts verändert. Wie fast an jedem lauen Sommerabend saß sie auch an diesem Spätnachmittag, bis die Sonne tief am Himmel stand, auf einer Bank im Garten und erwartete mich. Bereits seit ich ein kleines Mädchen war, pflegten wir dieses Ritual. Bevor ich ins Bett musste, trafen wir uns im Garten. Wir machten es uns auf Liegen, mit weichen Polstern, gemütlich. In der Mitte platzierten wir ein Tischchen, auf dem Oma stets ein Tablett mit heißer Schokolade und selbstgebackenen Keksen servierte. Zumindest war es so, als Oma noch richtig laufen konnte. Als sie schließlich einen Rollstuhl benötigte, griff uns Opa dabei ein wenig unter die Arme. Er zog sich dann aber trotzdem meistens zurück. Oma las mir Geschichten vor oder erfand eigene, bis unser Besuch eintraf. Die Rehe. Die ruhige und abgeschiedene Lage unseres Dorfes bewirkte, dass die Tiere nicht ängstlich waren, und so dauerte es nie lange, bis sie uns Gesellschaft leisteten. Wir beobachteten, wie sie mit prüfenden Blicken den Wald verließen und sich neugierig immer näher zu uns heranwagten. Um die scheuen Rehe nicht zu verjagen, verhielten wir uns mucksmäuschenstill. Es war wie im Bilderbuch und faszinierte mich jedes Mal. Als mein Bruder Felix sprechen lernte, hatten wir selten das Glück solcher Begegnungen. Sobald er auch nur eines der Tiere in der Ferne erblickte, sprang er aufgeregt kreuz und quer durch den Garten und brüllte begeistert: »Oh, ein Reh! Oma, Reh! Helena, Reh! MAMA, PAPA!« Oft sahen wir die Bewohner des Waldes danach tagelang nicht mehr. So vergingen viele Jahre. Ich wurde älter, aber trotzdem war mir diese Zeit in der Abenddämmerung mit meiner Oma heilig. Selten setzten sich Felix oder meine Schwester Kathi dazu. Zu dieser Uhrzeit lief meistens irgendeine Kindersendung, die sie anschauten. Ich dagegen lauschte lieber Omas Worten, erzählte ihr von meinem Tag oder besprach mit ihr Dinge, die mich gerade beschäftigten. Es berührte mich sehr, dass sie, obwohl ich in Italien war, scheinbar trotzdem jeden Abend zu diesem Platz kam. Als ich sie erreichte, fiel ich in ihre ausgestreckten Arme. Ich drückte sie an mich, roch den vertrauten Geruch ihrer gestärkten Schürze und war einfach nur glücklich. Doch irgendetwas war anders. Ihre Wangen und Arme waren deutlich kühler als sonst.

»Friert es dich? Soll ich dir eine Decke bringen?«, fragte ich.

»In der Tat fröstelt es mich ein wenig. Hinten, an der Lehne der Bank, müsste eine hängen«, erklärte sie. Ich brachte ihr die Decke und wickelte sie um ihre Beine.

»Danke. Es ist so schön, dass ich dich noch einmal sehen darf, meine geliebte Enkelin«, sagte sie zärtlich und strich mir durchs Haar.

»Was sagst du denn da, Oma? Schon bald werden wir uns wieder jeden Tag sehen«, erwiderte ich lächelnd.

»Das mag sein. Erzähle, mein Kind, wie gefällt es dir in Italien? Wie läuft dein Praktikum?«

Ich setzte mich auf eine Liege neben sie. Oma hörte gespannt zu, während ich ihr alles berichtete. Angefangen von der Ankunft beim Territorium der Übernatürlichen, nachdem wir das seltsame Warnschild passiert hatten, bis hin zu der Begegnung mit Mila und der Aufgabe, die ich zu bewältigen hatte, um Milas Rückkehr ins Territorium der Übernatürlichen zu ermöglichen.

»Jetzt bin ich total verzweifelt. Ich würde Mila gerne helfen, aber allein der Gedanke, diesen unheimlichen Wald zu betreten, verursacht mir Schweißausbrüche«, seufzend beendete ich meine Erzählung und Oma legte ihre Hände liebevoll in die meinen.

»Helena ...«

Ihre Hände mit der dünnen, faltigen Haut, den hervorstehenden Knöcheln und Adern packten plötzlich fest zu. Erschrocken blickte ich zu ihr auf. Ihr Anblick ließ mich aufschreien. Meine Oma war starr und leblos. Scheinbar war sie bereits längere Zeit tot. Ihr Körper neigte sich schlaff und eingefallen auf der Bank zur Seite. Ihre hochgesteckten Haare hatten sich gelöst und Strähnen hingen ihr wirr ins Gesicht. Die Haut war beinahe grau. Aus ihren Augen war jedes Leben gewichen. Sie waren geweitet und der Blick war starr auf den Boden gerichtet. An ihrer Kleidung klebte getrocknetes Blut. Erst jetzt sah ich, dass sich auch Blutflecken in ihrem Gesicht befanden. Es wirkte, als wäre der Blutstrom wie Tränen über ihre Wangen geflossen und mitten auf dem Weg versiegt. Zunächst lähmte mich der Schock, doch dann rappelte ich mich hoch, um Hilfe zu holen. Doch etwas hielt mich fest. Ihre Hände hielten mich immer noch eisern umklammert. So sehr ich mich auch bemühte, mich ihnen zu entwinden, lockerte sich ihr Griff nicht. Panisch schüttelte ich meinen Arm und rief verzweifelt nach meinem Opa und meinen Eltern.

»Helena, was ist los?«

Ich hörte eine Stimme, erblickte aber weit und breit niemanden. Ich schaute zum Himmel und sah einen Schwarm Raben, der unmittelbar über uns kreiste, und hörte ihr lautes Krächzen. Die Wolken ballten sich und türmten sich finster übereinander. Donner grollte und mit einem Mal roch ich einen metallischen, kupferigen Geruch. Den Geruch von Blut. Da spürte ich es. Das vorher getrocknete Blut hatte sich verflüssigt, und Omas Blut lief nun an meinen Händen herab. Mit aller Gewalt versuchte ich mich von ihr loszureißen und schrie mir dabei die Seele aus dem Leib.

»Wach endlich auf!«

Ich schreckte hoch.

Es dauerte eine Weile, bis ich begriff, dass der Ausruf real war und es sich bei dem eben Durchlebten nur um einen Traum gehandelt hatte und dass ich nach wie vor in Italien war. Schweißgebadet ließ ich mich zurück in mein Kissen fallen. Ich war völlig verstört. Mila und Cleopha warfen sich besorgte Blicke zu. Sie gaben mir Zeit, mich zu sortieren, und ich erzählte ihnen schließlich, was in meinem Traum geschehen war.

»Es hat sich so unglaublich real angefühlt.«

»Ich bin keine Expertin in Traumdeutung, aber es scheint so, als würdest du deine Oma sehr vermissen. Gemischt mit Ängsten, dass sie unter Umständen verstirbt, ehe du nach Bayern zurückkehrst, und du sie nie wiedersehen wirst«, meinte Mila zaghaft. Traurig schüttelte ich den Kopf.

»Das kann nicht sein. Meine Oma ist bereits seit drei Jahren tot.«

Vielleicht war ich einfach nur aufgewühlt. Es war ein aufregender Tag und es stand mir eine Entscheidung von elementarer Bedeutung bevor.

»Wie ist sie denn gestorben?«, fragte Cleopha vorsichtig.

»Opa hat erzählt, dass sie wie üblich zu Bett gegangen ist.

Sie ist friedlich neben ihm eingeschlafen und am nächsten Tag nicht mehr aufgewacht. Meine Eltern haben entschieden, dass wir Kinder sie nicht mehr sehen dürfen. Dabei hätte ich mich gerne persönlich von ihr verabschiedet. Einen ganzen Sommer lang habe ich täglich an unserem Platz auf sie gewartet. Die Rehe kamen und gingen, aber von ihr fehlte jede Spur. Heute habe ich zum ersten Mal von ihr geträumt und mich ihr so nahe gefühlt, als wäre sie noch lebendig«, antwortete ich. Wollte sie mir mit dem Traum etwas mitteilen? Möglicherweise war das die Verabschiedung, auf die ich immer gewartet habe. Der Traum endete furchtbar, aber das schrieb ich meiner blühenden Fantasie zu, die unter den gegebenen Umständen noch lebhafter sprudelte als sonst.

Am nächsten Tag musste ich in der Küche aushelfen. Während ich Wurst- und Käseplatten bestückte, Obst in mundgerechte Stücke schnitt, Kartoffeln schälte und die Spülmaschine aus- und einräumte, dachte ich über den Traum nach und fragte mich, was Oma mir in Bezug auf Mila geraten hätte. Oma war stets optimistisch, dass gütiges Handeln früher oder später belohnt werden würde. Was wäre also ihre Antwort gewesen? »Die Hauptsache ist, dass du es mit deinem Herzen machst.« Mit diesen Worten hätte sie ihren Rat eingeleitet. Und dann?

»Helena, kannst du Zwiebeln schälen und den Speck für die Carbonara würfeln?«, bat mich einer der Köche. Ich nickte und machte mich an die Arbeit.

Also, Oma, wenn du in meiner Situation wärst, was würdest du machen?, fragte ich sie in Gedanken. Während mir durch das brennende Zwiebelaroma Tränen in die Augen traten und ich eine weitere Zwiebel aus dem Korb nahm, wisperte eine geisterhafte Stimme in meinem Kopf.

Geh in den Wald ...

Erschrocken wirbelte ich herum, warf dabei den Korb um und die Zwiebeln rollten heraus. Das Messer für den Speck fegte ich dabei aus Versehen vom Anrichtetisch und es fiel klirrend auf den Fußboden. Die anderen unterbrachen abrupt ihre Arbeit und vergewisserten sich, dass alles in Ordnung war. Mit erröteten Wangen bestätigte ich es und räumte die Utensilien wieder zurück auf ihren Platz. Wurde ich verrückt oder war es die Übermüdung, die dazu führte, dass ich nun schon Stimmen in meinem Kopf hörte? Eines wusste ich, heute war definitiv nicht mein bester Tag ...

»Bist du dir wirklich sicher, dass euch niemand sehen kann?«, wollte ich misstrauisch von Mila wissen. Ich lehnte mich an den Rand des Whirlpools und genoss das lauwarme, sanft sprudelnde Wasser, das vom Beckenboden aufstieg. Stress mit dem unheimlichen Lorenzo würde mir nach diesem nervenaufreibenden Tag nämlich gerade noch fehlen, fügte ich in Gedanken hinzu. Doch Mila lachte und erinnerte mich mit gespielter Empörung an ihre Zauberkräfte.

»Verzeih mir, ich bin heute ziemlich durch den Wind«, meinte ich niedergeschlagen. Mila bedachte mich mit einem verständnisvollen Blick.

»Dein Traum hängt dir bestimmt noch nach, oder? Ich kenne das. Manchmal ist die Intensität eines Traumes sehr prägend und rührt tief an den Emotionen. Dinge, die im Unterbewusstsein schlummern, treten greifbar an die Oberfläche. Bei dir war es das Heimweh. Der Verlust deiner Oma, deren Tod du möglicherweise noch nicht vollständig verarbeitet hast, aber auch Ängste über die letzten Augenblicke ihres Lebens. Ich glaube, du hast dich lange damit beschäftigt. Hast dich gefragt, ob sie von ihrem Tod tatsächlich nichts gespürt hat.«

»Treffender hätte ich es nicht formulieren können. Ist Psychologie ein Nebenfach der Zauberlehre?«, fragte ich und lächelte schwach. Mila und Cleopha, die beide auf der Schwingliege sacht hin und her schaukelten, erwiderten mein Lächeln. Die letzten Sonnenstrahlen fielen auf unsere Haut und wir schwiegen eine Weile. Sie sprachen es nicht aus, weil sie mich nicht unter Druck setzen wollten, aber ich wusste, dass sie auf meine Antwort warteten. Ich betrachtete Mila. Sie war mir ans Herz gewachsen. Es entsprach nicht ihrer Natur, in Villa Anna für alle Zeit festzusitzen und sich zu verstecken. Sie gehörte in den Wald. Früher oder später würde sie andernfalls an diesem ihr aufgezwungenen Dasein zerbrechen. Ich selbst blieb auch nicht ewig hier. Mein Praktikum würde zu Ende gehen, und dann? Wer beschützte sie und sorgte dafür, dass sie keinem Menschen unter die Augen kam? Bei dem Gedanken, dass Letzteres passieren könnte, zuckte ich zusammen. Ich wagte es nicht, mir auszumalen, was dann geschehen würde. Was man mit ihr anstellen würde, und so traf ich meine Entscheidung.

»Mila, ich werde dir helfen«, sagte ich entschlossen.

12. Kapitel

Als Mila ihre Freudentänze beendet hatte, ging alles schnell. Wir beschlossen, dass der geeignetste Zeitpunkt, die Grenze zum Wald zu übertreten, die bevorstehende Nacht war. Es war nämlich die letzte Nacht, in der Leopold und Sophia nicht im Hotel waren. Wir warteten den Einbruch der Dunkelheit ab. Mila belegte den Waldrand mit einem Zauber, sodass wir ungesehen blieben und ungestört ans Werk gehen konnten. Wir trafen uns mit Lorenzo zu der vereinbarten Uhrzeit.

»Bist du bereit?«, fragte Lorenzo. Seine Stimme war sanfter als bei unserem letzten Treffen, seine Gesichtszüge wirkten weicher. Er sprach es nicht aus, aber ich spürte seine Dankbarkeit. Mir dagegen fehlten vor Aufregung die Worte. Mila nahm mit ihren kleinen Feenhänden meine zittrigen Hände in die ihren und sprach beruhigend auf mich ein.

»Mein Bruder wird auf dich aufpassen, ich verspreche es.«

Ich holte tief Luft und gestand, dass ich neben der Furcht vor dem Tod eine ebensolche Angst verspürte zu versagen.

»Helena, solange du dich in unserem Reich befindest, werde ich an deiner Seite bleiben. Ich werde dich bei der Erfüllung der Aufgabe unterstützen, wo immer ich kann. Gemeinsam werden wir es schaffen«, entgegnete Lorenzo. Zum ersten Mal, seit ich ihn kennengelernt hatte, dachte ich mir, dass er jemand war, der sein Wort hielt. Was natürlich auch in seinem eigenen Interesse war.

Dann fügte er hinzu: »Evolet hat Silas anvertraut, dass der Mensch, der die Aufgabe löst, sie auch vorzeitig beenden kann. Mit den Worten *et ex* kannst du jederzeit abbrechen. Du musst diese Formel nur laut ausrufen. Innerhalb von Sekunden würdest du dich dann wieder in deiner Welt befinden. Unabhängig davon, ob die Aufgabe erfüllt wird oder nicht, erlischt in diesem Fall der Öffnungszauber und kann nie wieder benutzt werden. Vielleicht fühlst du dich ausgestattet mit dieser Information sicherer.« In der Tat war es gut zu wissen, dass es einen Ausweg gab. Für mich war es eine Option, von der ich hoffentlich keinen Gebrauch machen musste. Mila wäre für immer verloren.

»Bringen wir es hinter uns«, sagte ich entschlossen und wandte mich Mila zu. Wir umarmten uns und ihr lief eine schimmernde Träne über die Wange.

»Viel Glück«, flüsterte sie mir ins Ohr.

Ich ließ von ihr ab und schenkte Lorenzo meine volle Aufmerksamkeit. Er gab von nun an die Anweisungen.

»Tritt einen Schritt auf mich zu.«

Ich machte mit wackeligen Knien einen Vorwärtsschritt und befand mich nun unmittelbar am Waldrand. Cleopha, die sich bis zu diesem Zeitpunkt im Hintergrund gehalten hatte, schwebte jetzt dicht neben mir. Ich hörte, wie Lorenzo mit hallender Stimme die Worte *parati sumus* rief. Er streckte einen Arm Richtung Himmel. Es bildete sich ein roter, leuchtender Nebelschleier. Schlangenförmig wickelte er sich um seinen Arm und manifestierte sich an der Spitze, den Fingern, zu einem schwarzen Stab. Eine Art Pfeil schoss daraus in die Luft, und ein Knall, welcher der Explosion eines Feuerwerkkörpers glich, unterstrich seinen Spruch. Der Schall war kaum verklungen, als der bereits angekündigte Donnerschlag erfolgte. Es war das Zeichen, dass es losging.

»Schließe nun deine Augen«, forderte mich Lorenzo auf. Ich ließ meine Lider sinken und spitzte meine Ohren. Ich wollte jedes noch so kleine Geräusch aufnehmen, um gewappnet zu sein.

»Ich warne dich, der Wald wird anders sein, als es dir deine Vorstellung vorgegaukelt hat. Bisher konntest du ihn nur durch dein menschliches Auge sehen. Jetzt wirst du ihn so sehen, wie er wirklich ist. Wenn du bereit bist, öffne die Augen wieder«, sagte Lorenzo. Ich machte mich auf wahrhaft Grauenvolles gefasst. Auf den Anblick von Skeletten, die mit einer Schnur um den Hals an Ästen baumelten. Auf einen Teich, der anstelle von Wasser mit Blut gefüllt war. Auf ...

»Trau dich«, unterbrach mich Mila amüsiert. Sie hatte leicht reden von der anderen Seite des Waldes aus, noch dazu mit einer übernatürlichen Seele. Trotzdem wagte ich es und schlug die Augen auf. Mir blieb im selben Augenblick fast die Luft zum Atmen weg. Es war plötzlich nicht mehr Nacht, sondern es herrschte eine Stimmung wie in den Morgenstunden. Eindrücke sagenhafter Farben prallten auf mich ein. Die Blätter der Bäume und das Moos erstrahlten in einem saftigen, tiefen Grün. Die Erde war rein und frei von jeglichen Blättern und Ästen. Blumen in mannigfachen Farben, Sträucher mit prallen Beeren, Pilze mit glänzenden Hüten und andere Gewächse zierten den Boden. Rehe ästen nicht unweit von uns. Großäugige Eulen saßen auf Ästen und beobachten uns neugierig. Vögel, oder zumindest Wesen, die der Flugkünste mächtig waren, flogen durch die Baumkronen. Vor mir erstreckte sich ein Fluss. Es schien, als würde er die zwei »Seiten«, die Welt der Menschen und die der Übernatürlichen, trennen. Der Boden des Flusses war bedeckt mit kleinen, sauberen weißen Kieseln. Das Wasser war glasklar. Im Schein der wärmenden Sonnenstrahlen, die sich durch das Blätterdach ihren Weg bahnten, funkelte es herrlich. Ich sah genauer hin und erkannte prachtvolle Fische, die sich in dem Wasser tummelten. Mit einem Mal erstand vor mir eine hölzerne, mondsichelförmige Brücke. Sie war der Pfad in dieses wundervolle, fantastische Märchenland. Lorenzo hielt mir seine Hand hin und sah mich aufmunternd an. Mit pochendem Herzen setzte ich vorsichtig einen Fuß in den Wald, ließ den nächsten Fuß folgen und ging zu ihm hinüber. Ich hatte es geschafft! Ich stand auf der anderen Seite. Erleichtert fiel ich Lorenzo in die Arme. Nur kurz, denn dann besann ich mich wieder und wurde mir bewusst, *wen* ich umarmte. Ich streifte mir verlegen den nicht vorhandenen Schmutz von den Jeans und bemerkte, dass Cleopha noch auf der anderen Seite des Bandes neben Mila schwebte.

»Was ist los? Warum bist du nicht mitgekommen?«, fragte ich irritiert und ahnte bereits, dass sie es nicht geschafft hatte.

»Es tut mir leid, Helena. Ich bin dir gefolgt, aber in der Mitte der Brücke bin ich zurückgeprallt. Es war, als wäre dort eine unsichtbare Mauer, die verhindert, dass noch jemand hindurchkann«, antwortete sie geknickt. Ich versuchte meine aufsteigende Panik nicht zu zeigen. Cleopha war mein Anker, an den ich mich geklammert hatte. In einer Welt, von der ich nichts wusste, die voller andersartiger Kreaturen war, wäre sie mein Fels in der Brandung, meine Sicherheit gewesen. Nun kannte ich niemanden, außer Lorenzo. Ob ich wollte oder nicht, ich musste mich auf ihn verlassen.

»Ist schon gut. Es gibt kein Zurück mehr. Ich werde es auch so schaffen«, sagte ich, statt meine Zweifel zu zeigen, die beinahe aus mir herausgesprudelt wären.

»Da ich nicht weiß, wie lange wir unterwegs sein werden, geht ihr jetzt besser wieder in Helenas Zimmer. Es ist sicherer für euch dort«, befahl Lorenzo.

Unsere Mission konnte beginnen. Nervös folgte ich Lorenzo, der mich tiefer in den Wald führte. Um nicht noch mehr Ängste aufkommen zu lassen, konzentrierte ich mich auf den Weg. Ich stieg über verschlungene Wurzeln, die aus dem Boden ragten, und wich breiten Baumstämmen aus. Ich wusste nicht, wie weit wir uns bereits vom Hotel entfernt hatten, und wagte es auch nicht zurückzuschauen. Auf einmal packte mich Lorenzo am Ärmel.

»Halt!«, rief er warnend. Erschrocken stellte ich fest, dass mich nur ein Schritt von dem Abgrund einer atemberaubenden Schlucht trennte. Sie fiel wohl hunderte von Metern in die Tiefe ab. Auf ihrem Grund ersteckte sich über eine riesige Fläche ein fantastisches Tal. Es wurde umgrenzt von gigantischen Bergen, die weit in den Himmel aufragten. Auf unzähligen Hügeln und Plätzen im Inneren erhoben sich geheimnisvolle Burgen und Schlösser. In der Mitte des Tals befand sich ein eisblauer See. Es sah aus, als ob sich darin eine Kugel spiegeln würde.

»Willkommen auf der anderen Seite«, begrüßte mich Lorenzo und machte eine einladende Handbewegung in Richtung der Schlucht.

»Das ist unglaublich schön«, staunte ich.

»Du siehst vor dir unsere Welt. Sie beschreibt quasi einen Kreis. Das Flussband und der Wald, der erste und zweite Kreis, bilden unser Schutzschild und begrenzen sie. Um Mitternacht bildet sich über dem ersten und dem zweiten Kreis regelmäßig ein Nebel, der täglich den Zauber erneuert. Die primum maleficis haben vorausschauend gehandelt. Die Barriere, welche die Sterblichen daran hindert, den Kreis zu Fuß zu durchbrechen, hätte als Schutz nicht ausgereicht. Die Technologien haben sich über die Jahrhunderte rasant weiterentwickelt. Heutzutage wären Flugzeuge oder Drohnen gewiss eine gängige Methode, um unser Gebiet zu erkunden und anzugreifen. Deshalb ist unsere Welt für euch unsichtbar. Egal, welche Geräte zum Einsatz kommen, ihr werdet immer nur einen Wald sehen«, erklärte Lorenzo und ich war ziemlich beeindruckt.

»Damit bekräftigst du abermals, dass ich als Mensch hier nichts verloren habe, weshalb ich nach dem Lösen der Aufgabe auch schnellstmöglich wieder zurück ins Hotel will«, sagte ich, um ihn nichts von meiner Begeisterung spüren zu lassen. Die Wahrheit war allerdings, dass ich am liebsten jeden Winkel von diesem Ort erkundet hätte mit all den Wesen, die hier zu Hause waren. Ich war mir aber auch bewusst, dass ich hier nicht erwünscht war. Sie duldeten mich nur so lange, bis Mila wieder in ihre Welt zurückgekehrt war.

»Ich verstehe, dass du dich nicht wohl fühlst. Schließe deine Augen wieder und wir fahren fort«, sagte Lorenzo. Ich ließ erneut meine Lider sinken und spürte Lorenzos Hand in meiner. Sie fühlte sich stark und gut an. Ein Windhauch streifte mich und ich fühlte mich wie im freien Fall. Es war, wie wenn man in einem Traum endlos in die Tiefe stürzte. Nach einem kurzen Moment landete ich sanft auf meinen Füßen. Noch einmal streifte mich ein Luftzug und ich öffnete die Augen. Vor mir befand sich nichts als eine steinerne Wand.

»Wo sind wir?«, fragte ich. Lorenzo ließ meine Hand los und lachte.

»Dreh dich um.«

Ich traute meinen Augen kaum. Wir waren in einem zerklüfteten Raum, in dem es aussah wie in einer Tropfsteinhöhle. In den Ecken waren winzige Laternen befestigt, die gespenstische Schatten warfen.

»Wir sind in einer Höhle. Das ist der Friedhof der primum maleficis«, erläuterte Lorenzo und deutete auf die Gräber, die mir erst jetzt ins Auge fielen. Es war kein gewöhnlicher Friedhof. Zum einen lag er unterirdisch und zum anderen wiesen die Gräber eine völlig andere Form auf als andere Grabstätten, die ich kannte. Die Wände der Gräber bestanden aus steinernem Material, in das Inschriften eingraviert waren. Was nicht weiter besonders war, aber die Gräber verfügten über Umrandungen und in jeder von ihnen schimmerte ein tiefblaues, leuchtendes Gewässer. Ich erinnerte mich wieder an Milas Worte: ... *der Zirkel existiert noch, aber in einer anderen Form. Ich selbst habe es noch nie mit eigenen Augen gesehen.*

»Die Mitglieder des Zirkels sind hier begraben, aber sie steuern in diesem Augenblick den Öffnungszauber? Wie ist das möglich, sie sind doch irgendwie tot, oder?«, wollte ich mit zittriger Stimme von Lorenzo wissen. Ich sah mich um. Ein kalter Schauer lief mir über den Rücken. Sie mussten hier sein ...

»Die Schnelligkeit deines Herzschlags hat sich nicht nur verdoppelt, sondern mindestens vervierfacht. Ich kenne mich weder mit diesem Organ aus, noch habe ich einen Erste-Hilfe-Kurs für Menschen besucht, also bitte beruhige dich, Helena.« Lorenzo wirkte besorgt. Ich verdrehte die Augen und wies ihn darauf hin, dass ich nicht die Kontrolle darüber hatte. Lorenzo ging auf eines der insgesamt sieben Gräber zu.

»Vielleicht kann ich dich ablenken, indem ich dir erzähle, was mit den primum maleficis geschehen ist. Du fragst dich sicher, was es mit diesem Friedhof auf sich hat. Wie du weißt, war es ein sehr alter Zirkel. Er zählte insgesamt fünfzehn Mitglieder. Jedoch entstammten nur sieben von ihnen der reinen Blutlinie. Etwa zeitgleich, als der Erste Weltkrieg begann, im Jahre 1914, beschloss der Zirkel sich zu trennen. Die sieben Mitglieder reinen Blutes waren bereits sehr alt und die anderen acht Mitglieder noch relativ jung, jedenfalls für ihre Spezies. Sie vereinbarten im Guten, von nun an gesonderte Wege zu gehen. Die acht ordneten sich der jeweils zweiten Art zu, deren Blut durch ihre Adern floss. Silas gehört beispielsweise dazu. Er ist ein Nachkomme. In ihm fließt das Blut der primum maleficis und das der Vampire. Er ist heute ein Ratsmitglied und Teil des Stammes der mortuus est cor meum. Die anderen sieben wollten ihre aktive Teilnahme am Leben beenden. Sie vereinten ihre mächtigen Kräfte und erschufen diesen Ort, an dem sie passiv existieren konnten und können. Das unendliche Grab.« Interessiert richtete ich mich auf.

»Was bedeutet passiv existieren? Wo sind sie derzeit genau?«

»Wie ich meine Schwester kenne, hat sie dir bestimmt verraten, wie alt sie ist und wie alt sie voraussichtlich werden kann. In einem gewissen Alter sterben wir, aber nicht auf dieselbe Weise wie Menschen. Ihr seid danach tot. Die Übernatürlichen dagegen existieren weiter. Jedoch nicht aktiv, sondern passiv in einer anderen Sphäre. Wo und wie das ist, wissen wir erst, wenn es tatsächlich so weit ist. In der Regel können wir uns diesen Zeitpunkt weder aussuchen noch ihn herbeiführen. Die primum maleficis hingegen waren und sind unermesslich stark. Sie wollten einen eigenen, gemeinsamen Platz, von dem aus sie jederzeit gerufen werden können, und so entstand das unendliche Grab.«

Während ich seinen fesselnden Worten lauschte, lehnte ich mich an das kalte Gemäuer. In meiner Fantasie malte ich mir bereits den nächsten Schritt aus. Das Entnehmen der Flüssigkeit. Wenn ich die Wasseroberfläche berührte, entsprang dann ein Ungeheuer dem Gewässer, das mich mit sich in die Tiefe reißen würde? Oder was wäre, wenn ich das Übergewicht verlor und hineinfiel?

»Helena, was geht jetzt schon wieder in dir vor? Dein Herzschlag hat sich erneut extrem beschleunigt«, stellte Lorenzo schmunzelnd fest.

»Ich bin ein Mensch und sitze in einer Höhle oder Gruft fest, höre Gruselgeschichten und vom Hotel und meiner Welt trennen mich zig gefühlte Meilen. Ich frage mich, wie es umgekehrt dir ergehen würde!«, entgegnete ich empört. Und irgendwie lachten wir anschließend beide. Er fand es wahrscheinlich wirklich witzig, sich den Rollentausch vorzustellen, und bei mir äußerte sich darin eher so etwas wie Hysterie.

»Spaß beiseite«, fing ich an.

»Sag mir, wie ich die Flüssigkeit abfüllen soll, und bring mich dann schnellstmöglich zurück.«

Lorenzo warf einen Blick auf seine Uhr und sah sich danach prüfend um.

»Ich habe absichtlich etwas Zeit geschunden. Die primum maleficis müssen erst für eine gewisse Dauer den Zauber aufrechterhalten, damit sich Evolet von ihnen lösen kann.«

Mit dieser Erklärung konnte ich nichts anfangen und so wartete ich auf die nächste Anweisung von Lorenzo.

»Probieren wir es«, meinte er nach wenigen Minuten. Er bat mich, vor dem Grab, neben dem er stand, niederzuknien. Unsicher begab ich mich zu dem Grab. Der Name Evolet war in den Stein eingraviert. Zaghaft ließ ich mich vor dem Grab auf die Knie und schaute in das wunderschöne Wasser. Ich betrachtete meine Umrisse und die von Lorenzo. Unser Spiegelbild verschwamm durch kleine Wellen und ich verspürte den Drang, aufzustehen und wegzulaufen. Er legte eine Hand beruhigend auf meine Schulter.

»Du brauchst keine Angst zu haben.«

Ich hatte keine Möglichkeit mehr, der aufkommenden Panik weiter nachzugeben, denn ich war fasziniert von dem Anblick des Wassers. Es begann zu blubbern und zu sprudeln.

»Helena, ich habe dich erkannt. Du darfst nun wieder aufstehen«, erlaubte mir eine Stimme, die durch die Höhle hallte. Ich gehorchte und klammerte mich an Lorenzos Hand. Das Wasser schoss augenblicklich fontänenartig in die Höhe. Es spritzte in alle Richtungen und auch Lorenzo und ich bekamen einige Tropfen ab. Auf spektakuläre Weise sammelte sich das lebensspendende Element und formte sich zu einer edlen Frauengestalt aus Wasser.

»Evolet«, sagte Lorenzo ehrfürchtig. Er legte seine Hand auf die Brust und verbeugte sich. Da ich auf die Situation nicht vorbereitet war, tat ich es ihm gleich. Als wir uns wieder aufrichteten, beäugte mich Evolet.

»Du bist also Helena von Bayersberg«, stellte sie fest. Ihre Stimme klang verblüfft, oder bildete ich mir das nur ein?

»Ja, die bin ich«, bestätigte ich meine Identität mit klopfendem Herzen und Evolet sprach weiter.

»Wie alle Übernatürlichen kann ich in die Herzen einer jeden Kreatur schauen. Auch in das Herz eines Menschen. Meine Fähigkeiten gehen jedoch noch tiefer. Ich sehe, dass dein Herz rein ist, und trotzdem wird es belastet. Durch dich wird unsere Prinzessin gerettet. Das übernatürliche Königreich verneigt sich vor dir. Wir schulden dir mehr als unseren Dank. Als Belohnung möchte ich dir die Bürde, die du in dir trägst, nehmen.«

Ich wusste nicht, wovon sie sprach. Obwohl ich mich anstrengte, konnte ich mich an keine Lüge, keinen ungeklärten Streit oder Ähnliches in der Vergangenheit erinnern, die mich belasteten. Trotzdem wagte ich nicht, einer solchen Respekt gebietenden Gestalt zu widersprechen, und brachte lediglich ein schlichtes *Danke* hervor. Evolet wandte sich an Lorenzo.

»Lorenzo, Prinz der Übernatürlichen, sobald ihr die Höhle des unendlichen Grabes verlassen habt, bring Helena zur Kugel der Vergangenheit. Wir halten unterdessen den Öffnungszauber aufrecht. Doch sei gewarnt, ihr müsst euch danach beeilen.«

Er nickte ergeben. Evolet legte ihre Handflächen aufeinander und murmelte leise Worte. Als sie ihre Hände kurze Zeit später wieder öffnete, lag darin ein winziges, gläsernes Fläschchen mit Korkverschluss und sie hielt es mir entgegen.

»Hiermit überreiche ich dir das Gefäß, in dem du das Elixier transportieren kannst. Du darfst dir nun die Flüssigkeit aus dem unendlichen Grab abfüllen.«

Nachdem ich die Flüssigkeit in das Gefäß gefüllt hatte, steckte ich das Fläschchen in den Beutel, den ich bei mir trug. Evolet verschwand und das Grab sah aus wie vorher. Ich hoffte inständig, dass der Rest meiner Mission ebenfalls so reibungslos ablaufen würde.

13. Kapitel

Daraufhin musste ich erneut meine Augen schließen. Sekunden später standen wir vor dem großen, eisblauen See. Es war bereits dunkel. Wie lange waren wir fort? Kleine Wellen plätscherten vor unseren Füßen ans Ufer. In der Mitte des Gewässers leuchtete etwas.

»Was ist das?«, fragte ich.

»Das ist die Kugel der Vergangenheit. Sie ist ein Werk der primum maleficis. Jeder Übernatürliche darf sie nach den ersten 50 Jahren seines Lebens berühren. Insgesamt darf sie dreimal von jedem von uns in Anspruch genommen werden. Du kannst sie zum Beispiel benutzen, um eine Reise in die Vergangenheit zu machen. Um ein außergewöhnliches Ereignis noch einmal zu durchleben, jemanden zu besuchen, der bereits verstorben ist, oder etwas anderes zu erledigen. Was man mit dieser Kugel nicht kann, ist, durch ein verändertes Handeln in die Zukunft vorzugreifen«, antwortete er bereitwillig.

»Es ist also etwas, um die eigene Seele zu stärken«, stellte ich fest. Die Möglichkeiten, die Lorenzo aufgezählt hatte, klangen schön, aber ich wusste wirklich nicht, was ich hier sollte. Lorenzo erriet meine Gedanken, denn er meinte prompt, dass ich erst gar nicht auf die Idee zu kommen bräuchte, ohne die Kugel berührt zu haben, aus dem Wald zu laufen. Es war schließlich eine Anweisung von Evolet.

»Aber ich bin doch nicht mal 50 Jahre alt!«, versuchte ich zu protestieren.

»Ausnahmen bestätigen die Regel«, entgegnete er trocken und gab mir einen leichten Schubs nach vorne. Sicherheitshalber hielt er mich zusätzlich am Ärmel fest. Ich schüttelte ihn ab.

»Sei nicht albern! Wo soll ich ohne dich hinlaufen? Sag mir lieber, wie das funktioniert, damit wir bald zu deiner Schwester und Cleopha zurückgehen können.«

Amüsiert ließ er mich los und meinte, dass Nevia mir das erklären würde. Sie war, wie er mir erklärte, die zentrale Leitfigur der Schattengestalten. Noch bevor ich eine Frage stellen konnte, rief Lorenzo ihren Namen. Wir warteten nicht lange, da erhellte sich eine Stelle im See vor uns und fünf Gestalten tauchten aus den Fluten auf. Sie sahen aus wie schwarze Gespenster. Sie hatten kein Gesicht. Überhaupt waren die Köpfe mehr oder weniger nur angedeutet. Der Rest des Körpers wirkte wie ein seidenes, flatterndes Tuch.

»Sei gegrüßt, menschliche Helena, Retterin der Prinzessin«, sagte die Vorderste in einem freundlichen Ton. Ich nahm an, dass es Nevia war.

»Hallo Nevia«, begrüßte ich sie ebenfalls.

»Kann es losgehen? Kommst du zu uns?«, fragte sie. Entsetzt schaute ich zu Lorenzo.

»Muss ich da alleine hin?«

»Du bist in guten Händen«, meinte er lächelnd und fügte hinzu, dass er am Ufer auf mich warten würde. Nevia und ihr Gefolge glitten aus dem klaren Wasser. Sie schwebten ein Stück über der Oberfläche.

»Du musst dich jetzt umdrehen, uns den Rücken zukehren und einen Schritt zurücktreten. Keine Sorge, das Wasser ist in Ufernähe noch nicht tief«, erklärte Nevia. Ich machte, was sie verlangte, um es möglichst schnell hinter mich zu bringen.

»Lehne dich nun nach hinten.«

Ich lehnte mich zurück. Die fünf Schattengestalten hoben

mich auf und trugen mich über das Wasser. Sie berührten mich kaum. In Windeseile waren wir bei der Kugel angelangt. Sie war aus funkelndem Kristall und schimmerte weiß. Wie Neuschnee. Die Schattengestalten murmelten etwas Unverständliches. Daraufhin bewegte sich die Kugel. Sie hob von der Wasseroberfläche ab und schwebte zu mir. Ungefähr einen Meter über mir blieb sie stehen. Glitzernde Strahlen fielen auf mich herab und umhüllten mich. Die Schattengestalten wichen ein paar Zentimeter von mir zurück. Trotzdem blieb ich in der Luft. In der Kugel spielten sich nun Szenen ab, deren Einzelheiten ich aber nicht erkennen konnte. Außerdem tanzten magisch aussehende Jahreszahlen durch ihren Innenraum.

»Gleich ist es so weit«, verkündete Nevia. Es kam mir alles so unwirklich vor. Passierte mir das gerade tatsächlich? Was würde geschehen? Wie ... Meine Lider wurden schwer und ich fiel zunächst in einen traumlosen Schlaf. *Ich wurde wach und befand mich in einer Ortschaft, die lediglich aus einigen kleinen Hütten bestand. Ein steiniger Weg, wahrscheinlich die Zufahrtsstraße, führte in einem Bogen vorbei. Zwischen den Behausungen befand sich ein Ziehbrunnen. Zwei abgemagerte Pferde waren mit einfachen Seilen an Pfosten angebunden. Vereinzelte Hühner liefen gackernd an mir vorbei und es roch widerlich, sodass ich mir unwillkürlich die Nase zuhielt. Die Hühner waren nicht die Ursache des Gestanks. Ich konnte die Epoche, in der ich gelandet war, nicht zuordnen, aber eines wusste ich, auf Hygiene wurde in jener Zeit kein Wert gelegt. Offenbar verrichteten die Einwohner ihre Notdurft in der Nähe ihrer Häuser.*

»Das ist eklig. Bin ich froh, dass ich in eine andere Zeit hineingeboren wurde«, entfuhr es mir. Prüfend sah ich mich um, ob mich eventuell ein Bewohner der Hütten gehört hatte, aber es war niemand zu sehen. Wo waren die Einwohner des Örtchens?

Plötzlich und unerwartet hörte ich ein vertrautes Lachen hinter mir. Oma. Ich wirbelte herum und fiel ihr in die Arme.

»Komm, setzen wir uns«, schlug Oma vor und deutete auf einen am Boden liegenden gefällten Baumstamm. Wir ließen uns nieder.

»Erkennst du unser Dorf wieder?«, fragte sie und strahlte mich an. Staunend sah ich mich erneut um.

»So sah es in unserem Dorf einmal aus? Wann?«

»Ja, das war ein paar Jahrzehnte nach seiner Gründung. Die ersten Bewohner ließen sich hier im Mittelalter nieder. Wenn du es genau wissen willst, schreiben wir heute den 15. September 1498«, sagte sie.

»Weshalb sind wir genau an diesem Tag hier, oder ist das Zufall?«, hakte ich nach.

»Dieser Zeitpunkt ist absichtlich gewählt. Ich hatte mir vorgenommen, dir eines Tages etwas anzuvertrauen. Es geht um ein Ereignis, das am heutigen Tag stattgefunden hat. Leider habe ich zu Lebzeiten keine Gelegenheit dazu gefunden, dich einzuweihen. Und ...«

Ein markerschütternder Schrei unterbrach ihren Bericht. Ich fuhr hoch. Woher kam dieser Schmerzenslaut? Ein Knistern, als wenn Flammen zusammenschlugen, drang an mein Ohr. Feuer? Oma wollte mich zurückhalten, dem Geräusch zu folgen, aber ich nahm sie bei der Hand und zog sie mit mir. Ich wusste, dass wir die Zukunft nicht beeinflussen konnten, aber ich konnte auch nicht tatenlos zusehen, wenn jemand in Gefahr war. Hinter einer der Hütten stieg Rauch auf. Wir folgten dem Brandgeruch. Entsetzt wich ich einige Schritte zurück, als wir hinter die Hütte traten, und schlug mir die Hand vor den Mund, um nicht selbst zu schreien. Ich gewahrte einen jungen Mann, der an einen Pfahl gefesselt war. Um ihn herum war ein Scheiterhaufen aufgehäuft. Das Holz war bis auf Kniehöhe geschichtet und bereits entzündet. Davor hatte sich eine Menschentraube gebildet. Einige in

der Menge johlten, andere betrachteten die Szene still mit weit aufgerissenen Augen. Oma legte mir eine Hand um die Schulter.
»*Mein Kind, lass uns gehen. Ich ertrage diesen Anblick nicht.*«
Wir entfernten uns von dem schaurigen Platz und folgten ein Stück der Straße. Die qualvollen Laute klangen uns noch in den Ohren. Vorsichtig begann ich ein Gespräch.
»*Oma, warum sind wir hier, hat es etwas mit diesem Mann zu tun?*«
Seufzend ließ sie ihren Blick in die Ferne schweifen und erzählte mir ihre Geschichte.
»*Es gab eine Zeit, da lebten die Übernatürlichen mit den Sterblichen in einer Welt friedlich zusammen. Wie es so ist, passierte es auch, dass sie sich ineinander verliebten. So auch die mächtige Evolet, die dem Zirkel der primum maleficis angehörte, und der mittellose menschliche Fischer Cyrian. Sie trafen sich, sooft es ihnen möglich war. Eines Tages machte Cyrian Evolet einen Antrag. Die beiden hatten das Privileg, den Partner aus Liebe zu wählen. Gewöhnlich war damals die Ehe mehr von zweckmäßiger Natur. Cyrians Eltern starben bei einer Epidemie und die von Evolet lebten passiv in einer anderen Sphäre. Aus freier Entscheidung sagte Evolet damals also Ja. Den beiden fehlten für ein großes Hochzeitsfest jedoch die finanziellen Mittel. Evolet wollte auch ihre Kräfte nicht benutzen, das Fest auszurichten, um bei den ärmlichen Nachbarn kein Aufsehen zu erregen. So kam es, dass sie eines Abends lediglich in trauter Zweisamkeit heirateten. Außer dem Pfarrer war niemand anwesend. Danach saßen sie am Lagerfeuer und ... Nun, was weiter geschah am Hochzeitsabend, kannst du dir sicher vorstellen*«*, erzählte meine Oma und kicherte tatsächlich wie ein Schulmädchen. Ich schmunzelte und musste erst einmal die Information verarbeiten, dass meine Oma von der respekteinflößenden Evolet sprach, der ich erst vor kurzem zum ersten Mal begegnet war.*
»*Wie ging es mit den beiden weiter?*«*, wollte ich wissen.*

»*Evolet wurde schwanger und nach neun Monaten brachte sie einen gesunden Jungen zur Welt. Sie gaben ihm den Namen Aron. Jedoch stand ihr Schicksal unter keinem guten Stern. Jene Epoche war die Zeit der Hexenverfolgung. Viele Übernatürliche, darunter auch zahlreiche Freunde Evolets, wurden hinterlistig ermordet. Die meisten von ihnen hatten es noch nicht gelernt, ihre Kräfte in vollem Umfang zu entfalten, und waren somit den böswilligen Menschen hilflos ausgeliefert.*« Ich unterbrach meine Oma.

»*Eins verstehe ich nicht. Es heißt doch, dass die Übernatürlichen nicht wirklich sterben. Das bedeutet, dass es für den Moment selbstverständlich schlimm ist, einen Angehörigen oder Freund zu verlieren, aber Evolet sie eines Tages wiedersieht, oder?*«

»*Nein, Liebes. Übernatürliche, die durch äußere Gewalteinwirkung sterben, können in der passiven Sphäre nicht existieren. Sie sind wie der Mensch nach seinem Ableben tot. Für immer*«, erklärte sie. Ich empfand großes Mitgefühl für Evolet. Sie hatte es gewiss nicht einfach. Sie musste mit diesen Verlusten, im wahrsten Sinne des Wortes, bis in alle Ewigkeit leben. Apropos leben.

»*Was war mit Cyrian? Er war ein Mensch, seine Lebenszeit war auch begrenzt.*«

»*Es blieb den beiden keine Möglichkeit mehr, um Pläne zu schmieden, wie ihre gemeinsame Zukunft langfristig aussehen sollte. Die Lage spitzte sich zu. Die Hexenverfolgung hatte bereits hunderte, wenn nicht tausende Opfer gefordert. Evolet war dem Zirkel und ihrem gleichgesinnten Volk verpflichtet. Ohne ihr Mittun hätte die andere, die sichere Welt, der Wald als Rückzugsort der Übernatürlichen, nicht erschaffen werden können. Sie musste sich von ihrer jungen Familie trennen, das war der Preis, sonst wären noch mehr Übernatürliche gestorben oder sie wären gar ausgerottet worden. Schweren Herzens verabschiedete sich Evolet von ihrem Mann und ihrem Sohn. Sie legte einen Zauber über sie, der sie vor Mord und Krankheiten schützte. Sie sahen sich nie wieder.«*

»Das ist ja furchtbar. Cyrian hatte nichts Übernatürliches an sich, aber Aron schon, warum konnte nicht wenigstens er seine Mutter begleiten?«, hakte ich nach.

»*Aron war die Kreuzung eines Menschen und einer Übernatürlichen, somit zur Hälfte nicht berechtigt in der anderen Welt zu leben. Sie durfte ihn nicht mitnehmen. Evolet musste ihren Sohn verlassen, ehe sie die Möglichkeit bekam, ihn in die Zauberkünste einzuweihen und ihn mit seinen Kräften vertraut zu machen. Aron hat nie erfahren, wozu er tatsächlich fähig war. Kräfte, die man nicht benutzt und praktiziert, schlummern. Sie wurden von Generation zu Generation, immer an die Erstgeborenen, weitergetragen. Elian, ein Urenkel von Aron, starb früh. Er war es, der am 15. September 1498 auf dem Scheiterhaufen verbrannt wurde. Somit wäre das Gen beinahe ausgelöscht worden, aber Elian wurde wenige Wochen vor seiner Verbrennung Vater eines kleinen Mädchens. Ihr Name war Lanea. Sie ist sich dessen noch nicht bewusst, aber sie gehört zur Gründerblutlinie der primum maleficis. Zumindest anteilig.«*

Bei dem Wort »noch« horchte ich auf. Oma machte eine Pause, ehe sie weitersprach, und ich fragte mich, warum Evolet, die mich zur Kugel der Vergangenheit geschickt hatte, wollte, dass ich ihre Geschichte kannte. Sie wollte mir eine Last nehmen, hatte sie gesagt, aber ich erkannte keine Verbindung zu meinem Leben, außer natürlich der, dass ich die Chance hatte, ein letztes Mal den Worten meiner Oma zu lauschen.

»*Kommen wir zurück zu Evolet. Du kannst dir vorstellen, dass sie untröstlich war. Anfangs versuchte sie die Mitglieder des Zirkels primum maleficis zu überzeugen, einen Öffnungszauber für Cyrian und Aron zu beschwören. Sie stimmten alle dagegen, zu frisch waren die Wunden der grausamen Taten der Menschen. Sie waren bereit festzulegen, dass ein Mensch reinen Herzens den Wald betreten durfte, wenn dadurch ein Übernatürlicher gerettet werden konnte. Ursprünglich hatten sie dabei an einen Fall gedacht, der eintreten könnte, falls ein Übernatürlicher bei der Grenzschließung übersehen wurde, damit dieser nicht für alle Zeiten in der Menschenwelt gefangen wäre. Oder eben auch an einen Fall, wie er Prinzessin Mila widerfahren ist. Aus dem eisblauen See entsprang damals die Quelle mit der Flüssigkeit, die für die Rückführung notwendig ist. Diese Quelle haben die primum maleficis mit in ihr unendliches Grab genommen, aber auf das wollte ich nicht hinaus. Nachdem der mächtige Zauber in Kraft getreten war, versuchte Evolet einen weiteren zu entwickeln, der es ihr ermöglichte, mit ihrer Familie in Kontakt zu treten. Sämtliche Sprüche prallten jedoch an dem magischen Band ab. Die Jahre verstrichen und nach Cyrian verstarb auch Aron. Die Lebenserwartung war damals nicht besonders hoch. Trotz der Trauer um ihren Mann und ihren Sohn gab Evolet nicht auf. Sie wollte ihre Enkel und Urenkel kennenlernen, in denen ein Teil ihrer Familie weiterlebte. Ein ganzes Jahrhundert brauchte sie, bis ihr am 14. September 1498 ein persönliches Meisterwerk gelang. In einer Art Vision erschien sie Elian. Es war einen Tag vor seiner Hinrichtung. Zu diesem Zeitpunkt hatte man ihn bereits festgenommen. Er wartete gefesselt und geknebelt in einem dunklen Verlies darauf, dass man ihn abholte, als er von seiner übernatürlichen Vorfahrin besucht wurde. Evolet nahm ihm mit einer Berührung die Angst vor ihrer Erscheinung und erzählte ihm alles. Elian, der schon im Kindesalter sensibel und feinfühlig war, hatte bereits früh gespürt, dass mehr in ihm steckte, als seine täglichen Rituale und Abläufe ihm abverlangten. Dass verborgene Gaben in ihm schlummerten. Doch er wusste dieses Gefühl nicht zu deuten. So führte er weiter ein gewöhnliches Leben. Er arbeitete hart auf dem Feld für einen geringen Lohn. 1497 wurde er mit der jüngsten Tochter eines wohlhabenden Bauern verheiratet, die als garstig und gehässig galt, aber er hatte keine Wahl und nahm es hin. Elian und seine Frau bekamen im Juli 1498 ein Baby. Es war ein Mädchen. Eines Abends im September, als sie im Bett lagen, vertraute sich Elian seiner Frau an. Er sagte ihr, dass seine Tochter das wundervollste Geschenk für ihn war, dass er sich aber trotzdem nicht vollständig fühlte. Irgendetwas versteckte sich in ihm, aber er konnte es nicht entfalten. Seine Frau grinste hämisch zu seiner Eröffnung und wandte sich noch in derselben Nacht, als er schlief, an einen bekannten Verfechter der Hexenverfolgung im Dorf. Sie verriet Elian, stellte ihn als Hexer dar, wollte sich, von Grund auf böse, wie sie war, an seinem bevorstehenden qualvollen Tod ergötzen. Die Menschen damals waren geplagt von Seuchen, Kriegen, Missernten und anderen Katastrophen. Um sich ihre Misere zu erklären, suchten sie Schuldige. Sie fanden sie in Menschen, die vermeintlich mit dem Teufel im Bunde standen. Hexen. So kam es in Notzeiten in der Vergangenheit stets aufs Neue zu Hexenverfolgungen und Hexenverbrennungen. Unter den Opfern waren vermehrt Frauen. Jedoch war jeder, den man als Sündenbock für einen entstandenen Schaden verantwortlich machen konnte, eine willkommene Zielscheibe für den Hass. Dieses Schicksal widerfuhr Elian. Evolet litt mit Elian. Ein Geschick dieser Art hatte er nicht verdient. Sie wollte ihm helfen, aber er lehnte das Angebot strikt ab. Er sagte, dass er sich stets bemüht hatte, zufrieden und dankbar zu sein. Aber auch seine Eltern hatten ihm aufgrund seiner Besonderheit von Anfang an das Gefühl gegeben, dass er zu nichts taugte. Hinzu kam die schwere Arbeit auf dem Feld, die ihm Schmerzen verursachte, die ihn kaum schlafen ließen, und die abfällige Haltung seiner Frau ihm gegenüber. Diese Lebensumstände hatten ihn seelisch zerstört. Nicht einmal sein Töchterchen, das er über alles liebte, konnte seine Seele heilen. Er hatte sich mit dem bevorstehenden Ende abgefunden und mit dem Leben abgeschlossen. Evolet erkundigte sich, ob sie ihm wenigstens einen letzten Wunsch erfüllen konnte. Er fragte die* mächtige Zauberin, ob er seine Tochter noch ein letztes Mal sehen könnte. Am nächsten Morgen wurde ihm unüblicherweise vor der Hinrichtung der Kontakt zu einem Verwandten gewährt. Das Baby wurde hereingetragen und ihm in den Schoß gelegt. Sie blieben für ein paar Minuten allein und Elian erzählte seinem Töchterchen von seiner Begegnung mit Evolet. Als er geendet hatte, hörte er eine vertraute Stimme in seinem Kopf: Dein Leben war nicht umsonst, Elian. Du bist der erste Mitwisser. Erst durch dich lebt die Geschichte unserer Ahnen weiter. Deine Tochter, Lanea, wird sich daran erinnern und sie ihrem erstgeborenen Kind weitererzählen. Solange dieser Planet existiert, wird unser Vermächtnis in die jeweils nächste Generation weitergetragen.«

Oma blieb stehen und nahm meine Hände in die ihren.

»Und nun zu dir, liebe Helena. Ich bin gestorben, wie ich es mir immer gewünscht habe. Ich bin am Abend friedlich eingeschlafen und am nächsten Morgen nicht mehr aufgewacht. Nie wollte ich im Alter durch Krankheit eine Last für euch sein. Dem war auch so. Ich bewältigte den Alltag, sieht man einmal von Opas Unterstützung ab, ohne aufwändigere Hilfe. Als ich in jener Nacht spürte, dass mein Ende gekommen war, kämpfte ich zunächst dagegen an. Ich hatte geglaubt, dass mir noch etwas mehr Zeit auf dieser Erde bleiben würde, deshalb hatte ich etwas Wichtiges noch nicht erledigt. Ich flehte Opa an, dich zu mir zu bringen. In seiner Verzweiflung holte er stattdessen deine Eltern. Sie meinten, wenn ich Herr meiner Sinne wäre, würde ich niemals wollen, dass du mich so, in diesem Zustand, in Erinnerung behältst. Ein Arzt wurde gerufen, der mir ein Beruhigungsmittel verabreichte. Ich bat weiter darum, dich zu holen, bis mich meine Kraft verließ und ich aufgab, den letzten Atemzug machte und starb.«

Wut und Enttäuschung brodelten in mir. Warum hatten mir meine Eltern und Opa verschwiegen, dass sie mich ein letztes Mal sehen wollte? Ich hätte ihren Tod vielleicht besser verkraftet, wenn ich darauf vorbereitet gewesen wäre und die Gelegenheit *gehabt hätte, sie, bevor sie starb, noch einmal zu sehen, um mich zu verabschieden.* So aber teilten sie es mir völlig unerwartet mit, als sie am nächsten Morgen zu mir in die Küche kamen und ich gerade in mein Marmeladenbrot biss.

»Hattest du Schmerzen?«, fragte ich und kämpfte mit den Tränen.

»Nein, ich litt keine körperlichen Schmerzen. Mir tat es nur in der Seele weh, dass ich dir die Geschichte deiner Abstammung nicht früher erzählt habe und du dich womöglich eines Tages so leer und unerfüllt fühlen würdest wie Elian seinerzeit. Ich war eine Mitwisserin. Dein Vater ein Erstgeborener. Im Jugendalter habe ich ihm die Geschichte seiner Herkunft erzählt, aber er wollte davon nichts wissen und tat meine Worte als Humbug ab. Im späteren Alter betitelte er mich als verrückt, als ich ihm sagte, dass es seine Pflicht und Aufgabe sei, dir von unseren übernatürlichen Vorfahren zu berichten. Uns ist nicht zufällig der Segen zuteilgeworden, dass wir uns heute an diesem Ort begegnen. Es lag bestimmt ein Zauber auf den Worten Evolets: Solange dieser Planet existiert, wird unser Vermächtnis in die jeweils nächste Generation weitergetragen. Es war eine schicksalhafte Fügung, dass du dieses Praktikum bei Leopold angefangen und Mila getroffen hast. Da dein Vater es nie tun würde, gebe ich das Geheimnis deiner Abstammung nun an dich weiter, damit der Kreislauf nicht unterbrochen wird. Du gehörst zur Gründerblutlinie der primum maleficis.«

Mit offenem Mund starrte ich sie an.

»Was?«

Plötzlich regnete es schillernde und glitzernde Funken. Nevia tauchte neben Oma auf und informierte uns, dass sie sich bereit machten, um mich zurückzuholen.

»Nein, bitte nicht. Können wir noch ein bisschen Zeit miteinander verbringen?«, bat ich. Nevia schüttelte den Kopf.

»Es tut mir leid, Helena. Wir beeinflussen die Geschehnisse nicht. Die Kugel lenkt sie und entscheidet, wann es so weit ist.«

Mit diesen Worten löste sie sich vor uns in Luft auf und verschwand. Ich wollte mich nicht von meiner Oma trennen und das, was ich gerade erfahren hatte, mit mir allein ausmachen.

Meine Oma tröstete mich.

»Du wirst deinen Weg gehen. Dein ganzes Leben liegt noch vor dir. Ich wünsche dir, dass du deiner Familie weiterhin so verbunden bleibst, wie du es jetzt bist. Vergib ihnen, dass sie dich in Unwissen gelassen haben. Vor allem deinem Vater. Ich wünsche dir, dass die Heimat, dein Anker, für immer dein sicherer Hafen bleibt. Ich wünsche dir, dass du dir deine Freude und deine lebensbejahende Einstellung bewahrst. Ich wünsche dir, dass deine Freunde, die dich schätzen, weiter an deiner Seite bleiben, und ich wünsche dir, dass du jemanden findest, mit dem du die Zukunft zu einer besseren machen kannst. Jemanden, der dich liebt, der sich in den schönen Momenten mit dir freut, wenn du lachst, und der dein zerbrochenes Herz wieder zusammenfügt, wenn Leid dich zum Weinen bringt. Und ich wünsche mir, dass du aufhörst, um mich zu trauern. Schau nach vorn. Wir sehen uns wieder, ich verspreche es dir.«

Unaufhaltsam strömten mir die Tränen über die Wangen. Mir fiel es unendlich schwer, aber auch ich wollte liebevolle Worte des Abschieds für sie finden. Ich schluchzte und versuchte mich zu fassen.

»Oma, ich vermisse dich so sehr und es bedeutet mir unsagbar viel, dass wir uns voneinander verabschieden können. Und ... Warte mal. Wie kannst du versprechen, dass wir uns wiedersehen? Wo? Ich meine, wir sind Menschen und nachdem wir gestorben sind, gibt es uns nicht mehr.«

»Wir sind aber nicht nur Menschen, Helena, in uns fließt das Gründerblut. Auf der Erde weiß es niemand, aber ich lebe mit Aron, Lanea und all unseren Vorfahren in der passiven Sphäre. Cyrian jedoch ist wirklich tot. Ebenso ist Elian nicht dort, da er eines gewaltsamen Todes starb. Bitte, geh zu Evolet und richte ihr *das aus. Es wird ein Trost für sie sein, dass ihre Nachkommen noch existieren.«* Als meine Oma diese Worte sprach, bemerkte ich, dass sich unsere Füße bereits in Luft auflösten. Wir sagten, dass wir uns liebten, und umarmten uns innig, bis wir in der Luft verpufften.

14. Kapitel

Beklommen schlug ich die Augen auf. Zunächst fühlte ich mich in der Umgebung fremd, bis ich mich erinnerte, wo ich war. Die Schattengestalten brachten mich zurück ans Ufer. Leicht benebelt stellte ich mich auf die Füße.

»Du hast ganz rote Augen. Ist alles in Ordnung?«, wollte Lorenzo wissen, der plötzlich vor mir auftauchte.

Ich quetschte ein *Ja* hervor und wusste, dass meine Stimme nasal klang, so als wäre ich in die Antarktis gereist und hätte mir dort eine dicke Erkältung eingefangen. Ich wischte mir eine Träne aus dem Augenwinkel und noch bevor Lorenzo mir eine weitere Frage stellen konnte, ertönte ein Donnergrollen.

»Wir müssen los«, sagte er und rüstete sich zum Aufbruch. Dieses Mal war ich diejenige, die ihn am Ärmel packte. Erstaunt drehte er sich zu mir um.

»Es tut mir leid. Ich kann noch nicht zurückkehren, du musst mich erst noch einmal zu Evolet bringen. Es ist wichtig und dringend. Ich muss ihr etwas ausrichten.«

»Wie bitte? Wir müssen uns beeilen! Erinnerst du dich nicht? Sie hat es selbst gesagt«, belehrte er empört und wandte sich erneut zum Gehen. Beharrlich hielt ich ihn abermals zurück. Wenn ich Evolet jetzt nicht die Nachricht meiner Oma überbringen würde, hätte ich nie wieder die Chance dazu.

»Ich habe dich nicht gebeten, den Mount Everest zu besteigen, Lorenzo, sondern lediglich darum, mich noch einmal zu Evolet zu bringen, damit ich ein paar Worte mit ihr wechseln kann! Der zeitliche Aufwand hält sich also in Grenzen. Bitte, Lorenzo. Gib mir eine Minute.«

Flehend sah ich ihn an. Schließlich verdrehte er die Augen und stimmte zu.

»Eine Minute! Ich weiß nicht, was du in der letzten halben Stunde erlebt hast, aber es muss gravierend sein, wenn du es in Kauf nimmst, länger als nötig im Wald zu bleiben. Persönlich möchte ich auch keinen Konflikt mit den primum maleficis riskieren, weil die Überbringung einer Nachricht nicht mit ihnen vereinbart war. Durch den Öffnungszauber war uns der Zutritt zum endlichen Grab gestattet, nun brauchen wir Silas dazu. Ich lasse ihn rufen«, antwortete er grimmig und ich musste meine Augen schließen.

Silas erfüllte den Auftrag in Windeseile. Ich bekam ihn nicht einmal zu Gesicht. Als er in einer Staubwolke verschwand, beugte ich mich bereits über das Grab und rief Evolets Namen. Lorenzo hielt sich hinter mir. Mein Spiegelbild verschwamm, eine erzürnte Wassergestalt erschien und ihre Stimme bebte förmlich.

»Waren meine Worte nicht deutlich genug? Was macht ihr noch hier? Ihr solltet längst an der Waldgrenze sein!«

Ich holte Luft, um zu antworten, aber Evolet kam mir zuvor.

»Falls du mir von deiner Herkunft berichten wolltest, dann muss ich dich enttäuschen. Der Weg war umsonst. Als ich in dein Herz sah, wusste ich es bereits.«

Ich nahm all meinen Mut zusammen und ging einen Schritt auf sie zu. Wir sahen uns direkt in die Augen.

»Deswegen bin ich nicht hergekommen. Ich soll dir ausrichten, dass Cyrian tot ist. Die anderen, wie Aron, Lanea und auch meine Oma, leben jedoch in der passiven Sphäre. Meine Oma, die ich getroffen habe, wollte, dass du das weißt.«

Bei der Erwähnung von Cyrian zuckte sie kaum merklich

zusammen, aber als sie den Rest der Nachricht vernahm, wurde ihr Blick weicher.

»Wie konnte mir das in all den Jahren entgehen?«, sprach Evolet mehr zu sich selbst. Sie wandte sich wieder an uns und ein erneutes markerschütterndes Donnergrollen ließ das Gemäuer vibrieren.

»Helena, ich danke dir, dass du mir die Nachricht von Johanna, deiner Oma, überbracht hast, aber verliert jetzt keine weitere Zeit mehr! Ihr müsst, so schnell es geht, über die Grenze, der Öffnungszauber beginnt bereits zu erlöschen!«

Ehe ich mich versah, packte mich Lorenzo. Ich schloss meine Augen und einen Wimpernschlag später standen wir vor der Schlucht. Ohne mich noch einmal zu dem Tal umzudrehen, rannte ich los.

»Kannst du uns nicht zur Grenze beamen?«, keuchte ich. Als keine Antwort kam, schaute ich zurück. Wo war er? Ich erkannte seine Umrisse an der Schlucht. Plötzlich wurde er von einem Funkenmeer erhellt. Seine Größe schwoll auf das Doppelte an und es wuchsen ihm Drachenflügel aus den Schultern. Anmutig hob er ab und landete in Sekundenschnelle bei mir.

»Steig auf!«, befahl er mir.

Verblüfft stieg ich auf seinen Rücken. Ich hielt mich an den panzerartigen Schuppenfeldern fest. In Windeseile flogen wir zwischen den Kronen der Bäume hindurch. Es war ein unglaubliches Gefühl. Das meinte Mila also mit *frei sein*. Doch es war nicht der Moment, um weiter darüber nachzudenken oder Angst zu haben. Das Einzige, was in diesem Augenblick zählte, war, die Grenze rechtzeitig zu erreichen!

Schon von weitem erkannte ich ein immer kleiner werdendes magisches Loch in dem Band, das den Wald umgrenzte.

»Beeil dich!«, flehte ich.

Die imposanten Flügel schlugen gewaltig auf und nieder. Wir waren fast am Ziel angelangt. Schon erkannte ich Mila und Cleopha auf der anderen Seite des Bandes. Sie hatten bestimmt den Donner gehört und wussten, dass er den Öffnungszauber sowohl eröffnete als auch beschloss. Das Loch wurde immer kleiner. Panisch klammerte ich mich an Lorenzos Rücken, als könnte ich ihn dadurch noch mehr antreiben.

»Halt dich fest! Wir landen«, rief Lorenzo und ich krallte mich noch fester an ihn. Mit voller Wucht prallten wir auf dem Waldboden auf. Seine Flügel und auch seine ganze Gestalt schrumpften. Ich stürzte unsanft zu Boden und rappelte mich schnell wieder auf. Ich lief auf die Brücke zu, die sich bereits auflöste. Das Loch war nur noch so breit wie ein Teller.

»Nein!«, schrie ich.

Innerlich brach in mir jede Hoffnung zusammen. Es war zu spät. Ich schaffte es nicht mehr. Mit letzter Kraft riss ich meine Tasche auf, zog das Fläschchen heraus und warf es kraftvoll durch das Loch. Kaum war es hindurchgeflogen, schloss es sich und ich prallte an einer unsichtbaren Mauer ab. Mila und Cleopha starrten mich mit entsetzten Mienen an.

Ich war gefangen.

Ich war diesen Monstern hilflos ausgeliefert.

Ich würde meine Familie nie wiedersehen und sie würden nie erfahren, was mit mir passiert war.

Ich war praktisch schon tot.

»Helena, oh mein Gott. Das tut mir leid!!«, hauchte Mila und hielt sich die Hand vor den Mund. Ich taumelte zurück und fiel ausgerechnet Lorenzo in die Arme, der auf diesen Augenblick höchstwahrscheinlich nur gewartet hatte. Mein Herz pochte. Panisch riss ich mich von ihm los.

»Ich tue dir nichts«, beteuerte er. Ich erinnerte mich an seine Worte. *Ich bin nicht bereit, deinen Artgenossen zu vergeben, aber ich verspreche dir, dass du für deren Gräueltaten nicht büßen wirst.* Ob er sich an dieses Versprechen tatsächlich noch gebunden fühlte? Ich bezweifelte es, aber hatte ich eine andere Wahl, als darauf zu hoffen? Wenn ich alleine durch die Tiefen des Waldes irrte, würden die Übernatürlichen bestimmt über mich herfallen. Mit Lorenzo an meiner Seite, dem Prinzen des übernatürlichen Königreichs, hatte ich immerhin eine Überlebenschance. Vielleicht war er bereit mich lediglich in einen Kerker zu werfen, bis ich an Altersschwäche oder einer nichtbehandelten Krankheit starb. Möglicherweise hatte ich Glück und würde mit 60 Jahren tot sein. Ich rechnete nach. Das wären noch 43 Jahre!

»Mila, bitte hole sofort Helenas Buch. Klapp es zu. Ich habe in Erfahrung gebracht, dass Cleopha auf diese Art die Grenze passieren kann, weil sie dann nicht mehr als ein Lebewesen, sondern nur noch als ein Gegenstand gilt. Trink danach die Flüssigkeit und komm wieder nach Hause«, ordnete Lorenzo an, und Mila und Cleopha machten sich auf den Weg zum Hotel. Er wandte sich an mich.

»Du bist ein Mensch ...«

»Sag mir was Neues!«, fuhr ich ihn an, doch er ging darauf nicht ein.

»Du solltest längst tot sein. Während des Öffnungszaubers warst du geschützt, doch der Zauber ist erloschen und nun sollte allein das Klima, die Beschaffenheit der Luft, deine Lungen zum Explodieren bringen«, fügte er hinzu. Ich zog die Augenbrauen nach oben.

»Vielleicht treten die Symptome verzögert ein?«

»Wenn ich dich in einen aktiven Lavasee werfen würde, meinst du, du könntest bei circa 1 000 Grad fröhlich darin planschen, ein paar Bahnen schwimmen und die Folgen zeigten sich erst eine Stunde später beim Duschen?«, fragte er und ich winkte ab.

»Schon gut, ich habe es verstanden.«

»Ich bin wieder da.«

Mila stand völlig aus der Puste am Waldrand auf der anderen Seite des magischen Bandes mit meinem Buch in der Hand. Sie entfernte den Deckel des Fläschchens und trank das leuchtend blaue Wasser. Wenige Augenblicke später floss die Flüssigkeit aus ihren Fingerspitzen und umhüllte diese wie eine Seifenblase. Anschließend formte sich vor uns ein weißer schimmernder Punkt, der sich langsam weitete zu einem Durchgang. Die Kugel mit Mila hob ab und glitt durch das magische Loch. Sie landete sanft, die Öffnung schloss sich und die Seifenblase platzte.

»Ich bin frei«, flüsterte sie und Tränen liefen ihr über die Wangen. Ihr Bruder stürmte auf sie zu und wirbelte sie freudestrahlend durch die Luft. Ich stand daneben und lächelte schwach. In diesem Moment sahen beide zu mir hinüber.

»Ich gönne es dir, dass du wieder in deiner Welt bist, Mila«, sagte ich und meinte es auch ehrlich. Lorenzo setzte sie ab und sie tapste auf mich zu. Ich ging in die Knie und beugte mich zu ihr herab, damit wir uns umarmen konnten.

»Ich werde alles, was in meiner Macht steht, tun, damit ich dir nun umgekehrt helfen kann. Du hast mir selbstlos bei meiner Rettung beigestanden. Jetzt bin ich an der Reihe«, flüsterte sie in mein Ohr. Wir lösten uns voneinander und ein dumpfes Klopfen erklang.

»Hallo! Habt ihr mich etwa vergessen?«

Cleopha! Mila öffnete das Buch und die Feder manifestierte sich.

»Das wurde aber auch Zeit«, sagte sie gespielt tadelnd. Sie schwebte zu mir und sicherte mir ebenfalls ihre Unterstützung zu. Cleopha meinte, dass es sie ehre, weiter in meinen Diensten zu stehen. Ich bedankte mich bei beiden, aber hatte wenig Hoffnung, jemals wieder den Wald verlassen zu können.

»Kehren wir in unser Schloss zurück. Dort können wir besprechen, wie es weitergeht«, schlug Lorenzo vor. Wenig später landeten wir auf einer geräumigen Dachterrasse. Mila schnipste mit dem Finger und zahlreiche kleine Laternen und Lampions leuchteten auf. Lorenzo bot mir einen gemütlichen Sessel an, auf dem ich Platz nahm. Er selbst und die anderen zwei ließen sich ebenfalls in Armsesseln nieder. Wir schwiegen eine Weile. Ich sah auf das Tal und den eisblauen See herab und danach in den sternenreichen Nachthimmel. Würde ich jemals von hier entkommen und in mein Dorf zurückkehren können? Es fühlte sich so unsagbar weit weg an. Eines schwor ich mir. Sollte es uns gelingen, einen Weg für mich nach draußen zu finden, würde ich in Villa Anna alle Zelte abbrechen und nach Hause zu meiner Familie fahren. Mila räusperte sich und riss mich aus meinen Gedanken. Sie stellte mir dieselbe Frage wie ihr Bruder. Wie war es möglich, dass ich in dieser nicht für Menschen gemachten Umgebung noch am Leben war? Durch die Aufregung der Rückführung hatte sie bisher überhaupt nicht darüber nachgedacht. Und so erzählte ich ihnen, was ich in der Kugel der Vergangenheit erlebt hatte. Gebannt hingen sie an meinen Lippen.

»Es muss also mit der Gründerblutlinie der primum maleficis zusammenhängen. Anders kann ich es mir nicht erklären«, endete ich.

»Jetzt ergibt das Gespräch zwischen Evolet und dir für mich einen Sinn«, kommentierte Lorenzo und spielte auf die Überbringung der Nachricht an.

»Was Evolet widerfahren ist, ist furchtbar. Dass du dich von deiner Oma verabschieden konntest, freut mich sehr. Nun könnt ihr beide jede auf ihre Weise Frieden finden. Und dass ausgerechnet wir beide uns begegnet sind, ist unglaublich«, meinte Mila verblüfft.

»Und mir ist es eine noch größere Ehre, dass ich dir dienen darf. Einem Menschen, in dem das Blut der mächtigen primum maleficis fließt«, sagte Cleopha hochachtungsvoll und Lorenzo musterte mich eingehend.

»Das ist wirklich faszinierend. Du kannst dir nicht vorstellen, *wie* mächtig die primum maleficis sind. Hier, im übernatürlichen Königreich, würde so mancher große Opfer bringen, um sich nur ein Hundertstel ihres Blutanteils einzuverleiben. Vergeude dieses Geschenk nicht. Erlerne die Fähigkeiten, die dir mitgegeben sind. Ich bin sicher, wenn wir einen Weg finden, werden sie zu deiner Rückkehr in die Welt der Menschen beitragen können.«

»*Wenn* wir einen Weg finden«, betonte ich und senkte den Kopf. Cleopha schlug die naheliegende Vorgehensweise vor. Nämlich die Mitbegründerin des Zirkels zu kontaktieren. Evolet. Um ihr zu berichten, was geschehen war, und sie zu fragen, ob sie es in Erwägung zog, meine Kräfte zu erwecken. Mila wollte sich mit den Feen und Elfen ihrer Art beratschlagen und Lorenzo bot an, für meinen persönlichen Schutz zu sorgen, da er nicht einschätzen konnte, wie der Rest des Volkes der Übernatürlichen auf die Information reagieren würde, dass ich noch unter ihnen war.

»Für alles, was uns bevorsteht, sollten wir ausgeruht sein. Es ist bereits sehr spät. Heute können wir nichts mehr ausrichten. Ein wenig Schlaf könnten wir alle vertragen. Komm, Helena, ich zeige dir dein Zimmer«, sagte er und erhob sich.

Als wir vor meinem Zimmer standen, bedeutete er mir, dass ich die Türklinke drücken sollte. Zaghaft schob ich die schwere Eichentür auf. Die Deckenlichter gingen an und aus den Dochten der Kerzen schlugen Flämmchen. Ich sah mich um. Es sah hier alles genauso aus wie meine Räumlichkeiten im Hotel. Ich lächelte.

»Ich denke, Mila hat in deinem Sinne gehext. Pardon, meine Schwester zieht den Begriff *zaubern* vor. Sie meinte, dass du dich in deiner gewohnten Umgebung wohler fühlen würdest.«

»Das ist wirklich eine gute Idee«, sagte ich und setzte mich auf das Bett. Lorenzo stand derweil im Türrahmen.

»Wenn dir irgendetwas fehlt ... findest du mich gegenüber«, meinte er und wandte sich zum Gehen. Augenblicklich spannte ich mich an.

»Bitte geh nicht«, flehte ich. Der Gedanke, alleine in diesem fremden Zimmer zu sein, schnürte mir die Kehle zu. Er kehrte um, ließ die Tür ins Schloss fallen und machte es sich im Hängestuhl bequem.

»Eine ganze Armee bewacht mein Schloss. Nirgendwo sonst im Wald bist du sicherer als hier, aber ich höre deinen beschleunigten Herzschlag. Ich will nicht schuld daran sein, dass du stirbst, noch bevor die Suche nach einer Lösung überhaupt begonnen hat, deshalb werde ich hier bei dir warten, bis Mila und Cleopha zurückkehren.«

»Danke«, sagte ich leise. Ich streifte mir die Schuhe ab und wickelte mich in meine Decke. Bildete ich es mir nur ein oder sah sie nicht nur so aus wie meine Decke im Hotel, sondern roch auch genauso? Ich drehte mich auf die Seite und fiel in einen tiefen, traumlosen Schlaf.

15. Kapitel

Am nächsten Morgen weckte mich ein herrlicher Kakaoduft. Ich schlug die Augen auf und sah in die freundlichen Gesichter von Mila und Cleopha. Mila hielt mir eine Tasse entgegen.

»Ich habe gelesen, dass Schokolade gut für die Nerven von Menschen sein soll. Diese Spezialtinktur habe ich nur für dich zubereitet. Die Kakaobohnen sind frisch geerntet, von einem Baum aus dem Feengarten«, erklärte sie. Beeindruckt setzte ich mich auf, nahm das cremige Gebräu entgegen und trank einen Schluck.

»Wow! Das schmeckt erstaunlich gut.«

Mila strahlte, schnipste und hielt im nächsten Augenblick selbst eine Tasse in der Hand. Kleine Funken rieselten von dem Gefäß. Sie ließ sich neben mir nieder und die Feder schwebte vor uns auf und ab. Sie berichteten mir, dass sie bereits mit Lorenzo gesprochen hatten. Er meinte, bevor wir Gefahr liefen, Evolet zu verärgern, indem wir sie unverhofft aus dem unendlichen Grab herbeiriefen, sollten wir uns Silas anvertrauen. Lorenzo hatte sich für den Vormittag mit Silas verabredet.

»Mein Bruder wird ihm die Situation schildern und wir hoffen auf seine Unterstützung. Bis dahin können wir uns die Zeit mit einem Bad vertreiben«, schlug Mila vor. Fragend sah ich sie an. Sie deutete auf die Balkontür. Ich sprang auf und zog die gepunkteten Vorhänge zurück und grinste.

»Das ist doch nicht dein Ernst!«

Am Horizont erstreckte sich nicht das Meer wie bei meiner irdischen Unterkunft, sondern die imposante, märchenhafte Schlucht der übernatürlichen Welt, aber sonst war der Balkon genauso ausgestattet wie der vor meinem Hotelzimmer. Im nächsten Augenblick prasselten die Erinnerungen der vergangenen Nacht auf mich ein und ich verfiel in Schwermut.

»Es tut mir leid. Ich weiß, du meinst es gut, Mila, aber ich kann nicht genussvoll ein Bad nehmen und mich entspannt im Sprudel aalen, während Leopold und Sophia wahrscheinlich in diesem Moment in mein leeres Zimmer stürmen und jeden Winkel des Hotels verzweifelt nach mir absuchen. Sie werden meine Eltern anrufen müssen, ihnen wird nichts anderes übrig bleiben. Ich mag mir gar nicht ausmalen, was dann passieren und wie es ihnen allen gehen wird.«

Mila blickte mitleidig zu mir auf.

»Ich wollte dich ablenken, bis mein Bruder mit Silas gesprochen hat, aber es war wohl in der Tat ein blöder Vorschlag von mir. Wir sollten das Zimmer auch besser verlassen. Für gestern hat es dir bestimmt geholfen, etwas Vertrautes um dich zu haben, aber heute ruft es dir umso mehr ins Bewusstsein, dass das Zimmer ein Fremdkörper in unserem Tal ist und dich, im wahrsten Sinne des Wortes, eine ganze Welt von deinem wahren Leben trennt. Was hältst du stattdessen von einer exklusiven Führung durch den Feengarten?«

Wenn ich mich jetzt im Bett verkroch und mir weiter panisch ausmalte, wie meine Zukunft aussehen könnte, brachte es mich auch nicht schneller nach Hause. Eher das Gegenteil war richtig. Ich durfte es nicht dem Schicksal überlassen, wie die Geschichte ausgehen sollte. Meine Geschichte. Ich musste aufstehen und kämpfen. Alleine schon für meine Familie. Es war zwar befremdlich, was ich über die Gründerblutlinie und ihren Bezug zu mir erfahren hatte, aber ich durfte nichts unversucht lassen. Dieser Umstand würde mir bestimmt von Nutzen sein und ich könnte wenigstens selbst tätig werden. Wenn ich es richtig verstanden hatte, waren die Übernatürlichen verschiedenen Gruppierungen, mit jeweils ähnlichen oder denselben Fähigkeiten, zugeordnet. Somit konnte ich ausschließlich von Evolet die Benutzung meiner Gaben erlernen oder möglicherweise auch von Silas, weil ich zu ihrer Linie gehörte. Sofern sie dazu bereit wären, mich zu unterweisen. Also setzte ich zunächst meine ganze Hoffnung auf Silas.

»Und, magst du?«, hakte Mila nach.

»Gerne würde ich den Feengarten sehen, aber dort werde ich mit hoher Wahrscheinlichkeit die eine oder andere Fee treffen. Könnte das nicht zu riskant für mich sein?«

»Du meinst, falls dich eine angreifen will?«, fragte Mila, und Cleopha und sie kicherten. Ich wollte wissen, was so komisch daran war, und Cleopha antwortete, dass die Feen zu den friedlichsten Wesen gehörten, die sie kannte. Abgesehen davon, waren sie bereits über meine Präsenz im Königreich informiert. Während Lorenzo mir das Zimmer gezeigt und ich geschlafen hatte, hatten sie Milas Artgenossen von dem Unglück berichtet, um sie direkt zur Unterstützung zu animieren.

»Ich bat Cleopha mir zu helfen, meine Freunde abzuklappern. In unserem Wald gibt es zig verschiedene Kreaturen, nicht alle haben eine reine Seele. Bevor es die anderen mitbekommen, war es mir wichtig, dass sie es so schnell wie möglich und aus erster Hand erfahren, damit sie wissen, dass du weder ein diebischer Eindringling noch ein Feind bist, sondern meine Retterin und Freundin. Die Feen können zwar keinen vollständigen Schutz gewährleisten, denn es gibt stärkere Übernatürliche, aber wir haben die Gabe, andere für ein gewisses Zeitfenster zu besänftigen. Bei unserem kleinen Ausflug wird nichts passieren, sollte jedoch etwas Unerwartetes eintreten, würde es uns in jedem Fall einen Vorsprung verschaffen.«

»Du machst mir Mut«, scherzte ich. Mir war bewusst, dass es in diesem Wald vor Gefahren nur so wimmelte, aber ich vertraute Mila. Ich musste es.

»Gut, schließe deine Augen, wenn du so weit bist.«
Überrascht sah ich Mila an.
»Du kannst das auch?«
»Ja, es liegt in der Familie, dass wir uns in Lichtgeschwindigkeit von einem Ort in den nächsten transportieren können. Pro Sekunde wären das umgerechnet circa 300 000 Kilometer. Diese Schnelligkeit könntest du als Mensch nicht filtern, deshalb hat dich bereits mein Bruder gebeten, währenddessen deine Augen zu schließen«, antwortete sie. Ich war beeindruckt, aber es sprengte den Rahmen meiner Vorstellungskraft. Plötzlich erinnerte ich mich an die Situation, in der Lorenzo mich gepackt hatte und wir einen Wimpernschlag später vor der Schlucht gestanden hatten.

»Warte mal. Warum hat Lorenzo mich nur bis zur Schlucht gebeamt ... äh, transportiert? Wieso dorthin und nicht direkt bis zur Grenze? Wir hätten es doch dann noch schaffen können!«

Mila legte mir beruhigend eine Hand auf die Schulter und erklärte, dass zwischen den Kreisen, die mit dem Schutzzauber belegt waren, sich manche vererbte Gaben nicht anwenden ließen. Diese zählte zu ihnen.

»Ich hätte dich niemals absichtlich im Wald zurückgelassen, Helena.« Ich wirbelte herum. Milas Bruder saß mit einem Mal wieder im Hängestuhl.

»Lorenzo! Sag mal, willst du einen Herzstillstand bei

mir provozieren? Klopf das nächste Mal wie ein normaler Men..., also wie alle anderen!«

Er grinste und fing sich unmittelbar danach tadelnde Worte von Mila und Cleopha ein und wir prusteten los. Die Lage war absurd, aber für einen Moment kam es mir vor, als wäre der Unterschied zwischen uns vergessen. Als würde ich an einem ganz gewöhnlichen Tag zu Hause Zeit mit meinen Freunden verbringen.

»Hat dir der Flug mit mir, dem Drachen, nicht gefallen?«, wollte Lorenzo schließlich herausfordernd wissen und rief mir somit die Welt, in der ich gefangen war, wieder ins Bewusstsein.

»Hm ... lass mich überlegen«, sagte ich und machte eine gespielte Pause. Mila lachte und gab mir einen Rat.

»Vorsicht, er ist der Prinz und stets lobende und hochpreisende Worte ihm gegenüber gewohnt! Erfinde lieber eine passende Antwort. Die Wahrheit kannst du Cleopha und mir danach erzählen, wenn wir alleine sind.«

»Mal im Ernst. Drachen, Feen, Elfen und eine sprechende Feder. In meiner Welt heißt die Gegend um den Wald *vampirische Region*. Alles dreht sich um Vampire. Angeblich wurden welche vor nicht allzu langer Zeit von Menschen gesehen, daraus erwuchs ein riesiges Geschäft. Gibt es überhaupt welche hier oder basiert alles auf Falschmeldungen?«, wollte ich neugierig wissen und die Feder schwebte vor mich.

»Ja, es gibt auch Vampire. Einer befindet sich sogar hier im Raum. Na gut, Halbvampir. Lorenzo trägt die Blutlinie der Drachen und die der Vampire in sich. Neben den Halbblutvampiren gibt es auch eine Gruppe reinrassiger. Unter deinesgleichen ist die letztere Art der Übernatürlichen die populärste, weil sie die Einzigen sind, die mit dem Wald in Verbindung gebracht werden. Es stimmt nämlich. Tatsächlich haben es die rebellischen Vampire, die Revoluzzer unter ihnen, darauf angelegt und sich den Menschen absichtlich zu erkennen gegeben. Sie hielten sich an der Grenze auf und lockten vor allem Forscher an. Durch Überwachungskameras und Beobachtungspunkte wurden diese auf die Vampire aufmerksam. Mit Forschungsgeräten ausgerüstet und bewaffnet drangen Truppen von Forschern in den Wald ein. Sie wollten die Vampire einfangen. Davon zeugen Videos, die sehr grausam sind. Die Forscher, die den Wald betreten haben, starben einen brutalen, blutigen Tod. Nicht durch die Vampire, sondern durch den Schutzzauber der primum maleficis. Die Vampire machten sich einen Spaß daraus. In einem unverhofften Moment gelang es den Forschern schließlich doch, zwei der Vampire, die sich zu weit auf das weltliche Territorium vorgewagt hatten, einzufangen, sie betäubten sie, zerrten sie aus dem Wald und brachten sie in ihr Labor. Es verstrich eine Weile und als der erste Schock vorüber war, entschieden sich weitere Vampire den Wald zu verlassen, um ihre Freunde zu suchen und ihnen zu helfen. Was aus ihnen geworden ist, ist uns nicht bekannt. Wir vermuten, dass sie für das kurz darauf folgende Blutbad im Forschungszentrum verantwortlich sind. Womöglich haben sie ihre Freunde tot und für Untersuchungszwecke zerstückelt vorgefunden.«

»Was?«, entfuhr es mir. »Solche *Details* wurden scheinbar als nicht relevant für den Rest der Welt eingestuft, denn ich höre davon zum ersten Mal! Wobei ...« Mir fielen Elisas Worte ein. *In den letzten fünf Jahren sind 29 Forscher während ihrer Waldexkursionen grausam gestorben. In meiner Weiterbildung als Reiseleiterin für die vampirische Region wurden uns Video- und Fotoaufnahmen der Opfer gezeigt, die besser kein menschliches Auge je erblicken sollte.*

»Von den Videos habe ich eher zufällig etwas gehört.

Wie es aussieht, dürfen nur ausgewählte Personen sie sehen und von den Vorgängen wissen. Von einem Blutbad im Forschungszentrum wurde nie berichtet, auch nicht, dass Vampire dort festgehalten oder womöglich ermordet wurden, vielleicht noch frei herumlaufen und weitere Racheakte planen! Ich bin sicher, die Informationen wurden zurückgehalten, damit Touristen in der Region weiter entspannte Urlaube verbringen und ihr Geld dort lassen.«

Fassungslos schüttelte ich den Kopf. Was wurde noch alles verheimlicht? Auch beim Tod Maximilian Wagners hatte man sich die allergrößte Mühe gegeben, den Vorfall herunterzuspielen und ihn recht schnell unter den Teppich zu kehren. Da hätte ich schon hellhörig werden sollen. Lorenzo räusperte sich.

»Ich denke, dass die Regierung dahintersteckt, dass nichts Derartiges an die Öffentlichkeit dringt. Der Tourismus rund um die vampirische Region ist ein äußerst lukrativer Wirtschaftszweig. Sein Erfolg basiert auf den vielen kursierenden Fantasiegeschichten mit Happy End, die Wahrheit würde nur das perfekt zurechtgeschneiderte Image zerstören. Alles Negative wird unterdrückt. Die Leute sollen nach Italien reisen mit Träumen, Visionen und natürlich einem gesunden Kribbeln im Bauch. Mehr ist nicht erwünscht. Die Gefahren, die in der Region drohen, werden verharmlost, was viele ihr Leben gekostet hat. Der Wald ist kein Zoo! Wir sind keine Löwen, die brav in ihren Gehegen liegen, begafft werden können und geduldig auf den nächsten Fleischfetzen warten, der ihnen zugeworfen wird. Wir sind freie Wesen, wir sind stark und eine Begegnung mit uns kann für euch tödlich enden. Sag jetzt nichts, Helena! Du bist aus all dem ausgenommen.«

Ich zog die Brauen zusammen und Mila beugte sich zu mir vor. Sie erklärte:

»Der Zwist zwischen Menschen und Vampiren reicht noch viel weiter zurück. Als die Menschen und die Übernatürlichen noch gemeinsam in einer Welt lebten, haben wir versucht möglichst unerkannt zu bleiben und im Geheimen zu wirken. Nur wenige wussten von unserer Existenz. Nur die Vampire haben sich von Anfang an recht offen den Menschen gezeigt. Ihre Fähigkeiten wurden von den Menschen bald als Bedrohung begriffen und sie wurden ebenso wie die unschuldigen Männer und Frauen, die als Hexen betitelt wurden, hingerichtet. Auch andere Übernatürliche, die ihren Freunden beistehen wollten, wurden bei lebendigem Leib verbrannt. Nach der Schaffung der Schutzzone vergaßen die meisten Menschen mit den Jahren die Existenz der Vampire. Nur in den Mythen und Sagen und den Erzählungen von Schriftstellern lebten sie fort. Als das Kino aufkam, wurden Vampirfilme zu einem beliebten Filmgenre. Und so sind die Vampire in eurer Welt stetig präsent und wurden und werden seit jeher mit dem Wald in Verbindung gebracht.«

Ich war sprachlos. Ob meine Mitmenschen das alles je erfahren würden? Wahrscheinlich nicht, wenn ich den Mund hielt. *Wenn* ich überhaupt eine Gelegenheit bekam, darüber nachzudenken, ob ich schweigen oder das Erfahrene weitertragen sollte. Ich wünschte, ich könnte Leopold und Sophia wenigstens Bescheid sagen, dass ich lebte. Schlagartig wurde mir bewusst, dass es eine Option gab.

»Die Vampire hielten sich am Waldrand auf und menschliche Augen konnten sie erkennen. Maximilian Wagner hat Mila entdeckt. Ich habe euch gesehen. Also können mein Onkel und meine Tante, wenn ich an der Grenze stehe, auch mich sehen, oder? Bitte bringt mich sofort dorthin, wenn ich Recht habe! Ich muss ihnen das alles erklären.«

Augenblicklich stand Lorenzo vor mir.

»Da hast du die Puzzleteile schlau zusammengefügt. Betritt man den Fluss, den ihr nicht wahrnehmen könnt, werden wir ausschließlich an der Grenze für euch sichtbar. In Vollmondnächten hat sich auch Mila an der Grenze aufgehalten, um an noch schönere und größere Beeren zu gelangen. Es ist riskant und dir werde ich es keinesfalls erlauben! Denk einen Schritt weiter, was würde geschehen, wenn du plötzlich dort auftauchst? Du stehst unmittelbar vor den Menschen, die dir nah sind, und doch könnten sie deiner nicht habhaft werden. So schnell könntest du gar nicht reagieren, wie dein Onkel dich an sich ziehen würde. Du könntest nur zusehen, wie er stirbt! Nehmen wir an, du hättest die Gelegenheit, mit ihm zu reden. Du müsstest ihm unsere ganze Geschichte, alles über uns, erzählen und das werde ich verhindern. Bitte begreife, dass weder er noch sonst jemand außerhalb des Waldes etwas für dich tun kann. Natürlich würden sie es dennoch versuchen und dabei ihr Leben verlieren. Du musst deine Familie schützen und auch die Übernatürlichen!«

Lorenzo hatte Recht. Und dennoch hätte ich alles dafür gegeben, um ein vertrautes Gesicht zu sehen. Der Gedanke daran erschien mir wie ein Hoffnungssignal, so als wenn die Besatzung eines vom Kurs abgekommenen Schiffes einen Leuchtturm erspäht. Es war Land in Sicht! Aber Lorenzos Bedenken leuchteten mir ein. Ich durfte keinen Menschen, vor allem nicht meine Familie, leichtfertig in Gefahr bringen. Trotzdem traten mir bei seiner rigorosen Weigerung Tränen in die Augen. Lorenzos Blick wurde sanfter und er setzte sich neben mich.

»Ich weiß, dass es für dich hart ist, ebenso für deine Familie. Sie sind völlig im Ungewissen über deinen Verbleib. Gerade deshalb müssen wir einen kühlen Kopf bewahren und dürfen nichts Unüberlegtes tun. Ich bin überzeugt, dass uns Silas in irgendeiner Form weiterhelfen kann. Er ist nicht nur ein Ratsmitglied, neben der Vampirblutlinie verbindet uns auch eine lange Freundschaft. Warten wir seinen Besuch ab und besprechen dann alles weitere, einverstanden?«

Ich nickte und Lorenzo verabschiedete sich. Obwohl ich sehr aufgewühlt war, beschlossen wir die Zeit mit einem Besuch im Feengarten zu überbrücken.

Einen Wimpernschlag später stand ich in einer atemberaubenden, bildschönen Anlange, bevölkert von fabelhaften Wesen. Umgrenzt wurde sie von Baumriesen, die weit in den Himmel ragten. Eine weitflächige samtgrüne, bepflanzte und eifrig bewirtschaftete Wiese mit vereinzelten Hügeln erstreckte sich vor mir. Die mannigfaltigen Arten von Gräsern gingen mir bis zum Knöchel, was für die kleineren der Feen bereits sehr hoch war. In einem Teil des Gartens waren Obstbäume zu einem Karree angeordnet. Sie waren so hoch wie ich und trugen prächtige Früchte. Hölzerne Treppchen umrandeten ihren Stamm und in der Krone befanden sich winzige Häuschen. Ein anderer Bereich wurde von einem überdimensionalen Gemüsebeet eingenommen. Es war eingezäunt.

»Dort pflanzen wir so gut wie alle Sorten an. Kräuter, Kartoffeln, Salat, Auberginen, Zucchini, Tomaten, Paprika. Was auch immer dein Herz begehrt. Es gibt nichts, was in eurer Welt wächst, was du nicht auch bei uns findest«, erklärte Mila strahlend und wir gingen hinüber. Den Eingang bildete ein Torbogen, um den sich die Ranken einer Kürbispflanze schlängelten. Links neben ihm prangte ein großer, fleischiger, perfekt geformter Kürbis. Cleopha flog durch den Torbogen. Ich musste mich bücken, um hindurchzukommen. Mila kicherte.

»Wir bekommen selten Besuch von einem anderen Übernatürlichen, es ist alles in Miniaturform, deshalb ist der Anblick von jemand, der so groß ist wie du, in unserem Garten äußerst amüsant und ungewohnt. Es erinnert an Alice im Wunderland.«

»Vielleicht sollte ich mich auf die Suche machen? Bestimmt finde ich wie Alice etwas zu essen oder trinken, damit ich schrumpfen kann wie sie. Tatsächlich fühle ich mich wie ein unbeholfenes Pferd in einem Hasenstall.«

»Vorsicht, ihr da unten!«, ertönte es von oben und schon spürte ich ein paar Wassertropfen auf meiner Haut. Ich blickte in den wolkenlosen blauen Himmel. Über mir tauchte ein Feenschwarm auf. Sie waren alle kaum größer als eine Hand und erinnerten mich durch ihre grünen Kleider, die zierliche Figur und die hochgesteckten Frisuren an Tinker Bell. Sie flogen mehrmals in genau abgezirkelten Bahnen über das Beet und ließen es gleichzeitig aus ihren Fingerspitzen regnen. Fasziniert sah ich zu Mila.

»Diese Feen sind für die Bewässerung zuständig«, erklärte diese. »Das ist unsere Art zu gießen.«

Als die Feen mit ihrer Arbeit fertig waren, schwebten sie zu uns herab und verbeugten sich vor Mila. Sie begrüßte ihresgleichen und stellte mich vor.

»Wir freuen uns dich kennenzulernen. Vor uns brauchst du dich nicht zu fürchten«, sagte eine der Feen und nickte mir aufmunternd zu. Ich lächelte zurückhaltend. Tatsächlich waren mir Feen und Federn wie Cleopha in diesem Reich am sympathischsten. Sie wirkten freundlich, zuvorkommend und alles andere als angsteinflößend. Mila wandte sich erneut an ihre Artgenossen.

»Ich werde Helena jetzt weiter unseren bezaubernden und verzauberten Feengarten zeigen. Sagt den anderen Bescheid. Als Nächstes werden wir die Obstplantage besuchen. Anschließend das Blumenfeld. Danach durchqueren wir die Pilzwiese und ich demonstriere ihr unsere Zusammenarbeit mit den Insekten. Wir beginnen mit dem Bienenvolk und einer Führung durch unsere eigene Imkerei. Bereitet bitte Geschmacksproben vor. Ich denke, bei diesen Programmpunkten sollten wir es bewenden lassen, denn Lorenzo wird bis dahin seine Beratung mit Silas sicher beendet haben. Den Rest zeige ich ihr morgen.« Sie wandte sich an mich. »Da würde ich mit dir zunächst das Getreidefeld besichtigen und die angrenzende Bäckerei dort besuchen. Der Duft von frischgebackenem Brot hat mir gefehlt und ...«

Plötzlich verdunkelte sich der Himmel über uns in rasender Geschwindigkeit. Eine düstere Stimmung lag mit einem Mal über dem Feengarten. Die kleinen Wesen verkrochen sich unter den schützenden Blättern der verschiedenen Gemüsesorten. Mila, Cleopha und ich rückten näher zusammen. Ich krallte mich mit festem Griff an den Torbogen.

»Ich glaube, es ist nur Silas. Wenn er irgendwo auftaucht, macht er immer gleich eine Show draus«, flüsterte mir Mila zu. Sie stutzte.

»Allerdings hat er sich noch nie im Feengarten blicken lassen.«

Auf einmal erkannte ich in der Ferne die mir schon bekannte Gestalt eines Drachen, der auf uns zuflog, und verspürte so etwas wie Erleichterung. Lorenzo. Auf einmal schoss hinter ihm ein schwarzer Nebelstreif aus den finster verfärbten Wolkengebirgen und folgte ihm dichtauf. Was war das? Fragend sah ich zu Mila, die ruhig und gefasst neben mir stand, und sie bestätigte ihre Theorie, dass es sich um Silas handelte. Ehe ich mich versah, landeten die beiden mit einer solchen Wucht vor uns, dass es uns die Haare ums Gesicht fegte, und Mila wetterte augenblicklich los.

»Wir wissen schon, warum wir euch hier nicht haben wollen! Schaut euch die Bescherung an! Seht nur eure hässlichen großen Fußabdrücke auf den Beeten an, und die aufgewirbelte Erde liegt auch überall verstreut. Da brauchst du gar nicht so albern zu lachen, Lorenzo! Es kostet mich ein Fingerschnipsen und du bereinigst alles alleine!«

Ich selbst verkniff mir auch ein Schmunzeln. Das war Geschwisterliebe, wie bei normalen Menschen auch.

»Schon gut!«, meinte Lorenzo und hob beschwichtigend die Arme und sein Freund schaltete sich ein. Ich spürte schon die ganze Zeit, wie sein Blick auf mir ruhte.

»Wir sind auch nicht deinetwegen hier, sondern um deiner hübschen Freundin willen.«

Ich wagte es und sah ihn an. Silas hatte kurze karamellbraune Haare, intensive smaragdgrüne Augen und eine stattliche Statur. Sein Gesicht war wie das aller anderen hier von makelloser Schönheit. Im Gegensatz zu den Feen ging eine mystische und kalte Ausstrahlung von ihm aus. Er trug eine schwarze Uniform. Fehlte nur noch der Helm in seiner Hand, dann hätte er als Ritter durchgehen können. Er musterte mich eindringlich und meine Nackenhaare stellten sich auf. Lorenzo ging einen Schritt auf mich zu. Wahrscheinlich hatte er meine Anspannung bemerkt.

»Silas möchte mit dir alleine reden. Das ist doch in Ordnung für dich, oder? Jede Gruppierung hat geheime Gaben oder Ähnliches. Zwangsläufig wird das Gespräch zwischen euch auf die primum maleficis kommen und somit auf interne Informationen des Zirkels, die für unsere Ohren nicht bestimmt sind.«

Ich versuchte mir mein Unbehagen nicht allzu sehr anmerken zu lassen. Bei dem Gedanken, alleine mit Silas zu sein, bekam ich ein mulmiges Gefühl im Magen. Vermutlich war es seine enorme Erscheinung, die mich einschüchterte. Ich durfte mich von der negativen Intuition nicht lenken lassen. Schließlich war Silas ein Mitglied der primum maleficis und somit eigentlich ein Verbündeter. Womöglich tat ich ihm unrecht und er wollte mir wirklich weiterhelfen. Letztendlich stimmte ich seinem Wunsch zu.

»Gut, verlieren wir keine Zeit«, sagte Silas und Lorenzo bot ihm für unser Gespräch einen ungestörten Raum in seinem Schloss an. Sein Freund war einverstanden und wir machten uns auf den Weg.

16. Kapitel

Wir landeten in der hauseigenen, geräumigen, fensterlosen Bibliothek. Unzählige Bücher waren in deckenhohen Regalen aneinandergereiht. Davor luden zwei breite, kiefergrüne Sessel zum Sitzen ein. In der Mitte stand ein hölzerner Tisch mit einer Lampe darauf. Silas und ich setzten uns. Ich spürte ein Kitzeln im Rücken, aber wollte jede Bewegung vermeiden und wagte es daher nicht, mich zu kratzen oder nachzusehen, was die Ursache war. Silas wandte sich an mich.

»Lorenzo hat mir deine Geschichte erzählt. Ich frage mich, warum Evolet das über all die Jahrhunderte für sich behalten hat.«

Erwartungsvoll sah er mich an. Ich zuckte mit den Schultern.

»Ihre Gründe kenne ich nicht, aber was wäre anders, wenn sie es euch mitgeteilt hätte? Seit jeher leben meine Vorfahren außerhalb des Waldes. Sowohl für euch unerreichbar als auch für uns umgekehrt. Wie du weißt, bin ich selbst auch nur durch eine Verkettung unglücklicher Zufälle hier bei euch gelandet.«

»Oh, du ahnst nicht, was dieses Wissen geändert hätte«, sagte Silas und in seinen Augen loderte ein Feuer auf. Nervös rutschte ich in meinem Sessel hin und her. Er stand auf und ging erregt im Raum auf und ab. Schließlich blieb er hinter mir stehen und strich mir die Haare nach hinten, sodass mein Hals frei war. Ich spürte seinen kalten Atem auf meiner Haut und begann zu zittern.

»Als ich erfahren habe, dass in dir das Gründerblut fließt, wusste ich, dass alles, was ich will, *du* bist. Egal, welchen

Preis ich dafür zahlen muss.« Er legte seine Hand um meinen Hals. Sein Griff wurde fester, sodass es mir beinahe die Kehle zuschnürte. Ich rang nach Luft und schrie, so laut ich konnte. Das Letzte, was ich hörte, waren Lorenzos Zornesschreie, weil die Tür verschlossen war. Silas lachte hämisch. Es ertönte ein lauter Knall. Wahrscheinlich trat Lorenzo die Tür ein, dann wurde mir schwarz vor Augen.

»Helena?«

Es war Silas. Seine Stimme klang weit entfernt. Meine Lider flatterten. Ich versuchte meine Augen zu öffnen, aber sie waren so unglaublich schwer, dass sie mir immer wieder zufielen.

»Wo bin ich?«, fragte ich leise. Das Sprechen kostete mich viel Kraft.

»Bei mir. Dort, wo du hingehörst«, antwortete er und ich schlief wieder ein.

Nach einiger Zeit wurde ich wach. Ich war alleine. Mein Blick wanderte durch den engen Raum, in dem ich gefangen war. Es gab keine Tür und kein Fenster. Jede Fluchtmöglichkeit war somit abgeschnitten. Ich war umgeben von einer silbergrauen Steinmauer. In diesem Verlies war nichts, außer einer weißen Arztliege, auf der ich mich nun aufsetzte. Mein Herz pochte. Was hatte Silas mit mir vor? War es schlimmer als der Tod? Wenn er mich hätte umbringen wollen, hätte er es längst getan, oder? Die Gelegenheit war einmalig, als ich schlief.

»Warum hast du mich entführt?«, fragte ich leise in die Stille. Ein eisiger Lufthauch streifte mich und ich spürte, dass Silas hinter mir stand.

»Wie schön. Du bist wieder ansprechbar«, sagte er und ich wirbelte herum.

»Was hast du getan?«

»Du meinst, als du vor drei Tagen in der Bibliothek nach Luft gerungen hast und ...«

Schockiert sprang ich von der Liege und wollte wissen, ob unser Gespräch in der Bibliothek wirklich schon drei Tage zurücklag.

»Warum sollte ich lügen? Dementsprechend lange hat meine Gabe gewirkt. Ich war selbst erstaunt. Wenn wir Vampire gerade keinen Hunger haben, müssen wir uns nicht mehr beflecken und andere beißen, um sie zu schwächen. Es reicht, wenn wir eine Hand auf die Halsvenen legen. So wie ich das bei dir gemacht habe. Es hat denselben Effekt. In deinem Körper wurde ein hoher Blutverlust simuliert und du hast das Bewusstsein verloren.«

»Warum hast du das getan?«, hauchte ich.

»Weil ich mit dir Pläne habe«, meinte er und drückte mich zurück auf die Liege. Ich musste mich hinlegen und meine Arme neben mich legen. Die Hände und Füße schnallte er fest. Jeder Versuch, mich zu wehren, wäre zwecklos gewesen, deshalb probierte ich es erst gar nicht. Was auch immer er vorhatte, ich hoffte, es ging schnell und ohne Schmerzen. Er zog eine Kanüle mit einer spitzen Nadel aus der Innentasche seiner Jacke und ich spannte mich sofort an.

»Ich verspreche dir, bei all dem, was folgen wird, wird dieser kurze Einstich das Einzige sein, was weh tut.«

Mein Atem beschleunigte sich und er legte mir einen Stauschlauch in der unteren Hälfte des Oberarmes an. Wie die Arzthelferin bei meiner Hausärztin, wenn sie mir Blut abnahm. Mit einem Mal war ich sicher, dass er mich umbringen wollte. Ich wand mich, aber es gab kein Entkommen. Finden würde mich hier niemand. Ich würde grauenvoll, langsam und alleine sterben.

»Geht das nicht schneller?«, fragte ich panisch und Tränen liefen mir übers Gesicht. Silas warf mir einen irritierten Blick zu.

»Was meinst du?«

»Ich bin nicht blöd! Du nimmst mir beutelweise Blut ab, bis kein Tropfen mehr in meinem Körper ist. Einen qualvolleren Tod kann ich mir nicht vorstellen«, antwortete ich und er lachte. Wahrscheinlich konnte er es kaum mehr erwarten, sich daran zu weiden. Wie ich von Stunde zu Stunde schwächer würde und mit dem Tod rang. Wie es sich hinzog, bis ich endlich mit dem letzten Atemzug erlöst wurde.

»Es ist normal, dass du dich aufregst. Um das Überleben zu kämpfen ist ein Instinkt, der in jedem von uns schlummert. Bei einem Menschen ist er ausgeprägter als bei uns Übernatürlichen, da eure Zeit begrenzter ist. In diesem Punkt kann ich dich beruhigen. Ich brauche dich lebendig.«

Ehe ich mich versah, bohrte sich die Nadel unter die Haut in eine Vene meiner Armbeuge. Es ging so schnell, dass ich es kaum mitbekam. Mit ebensolcher Geschwindigkeit zog Silas einen Infusionsständer unter der Liege hervor, an dem ein Beutel hing. Sekunden später floss bereits mein Blut dort hinein durch einen transparenten Schlauch.

»Und, waren die Schmerzen zumutbar?«, fragte er herausfordernd und ich nickte. Seufzend setzte er sich zu mir auf die Liege und schielte auf den Beutel.

»Das wird dauern. Übrigens, ich habe mich über die menschlichen Nahrungsbedürfnisse informiert. Es ist geregelt. Die meisten Dinge, die du essen kannst, sind unseren ähnlich und wachsen im Feengarten. Du wirst nicht verhungern oder verdursten, aber für die Sache brauche ich dich nüchtern.«

Die Sache.

»Erzählst du mir jetzt, was du vorhast?«, hakte ich vorsichtig nach. Er bewegte sich nicht mehr, als wäre er eingefroren, und schwieg für eine Weile. Es schien, als wäre er mit seinen Gedanken weit weg. In dem kalten Verlies wurde es unheimlich still. Ich hörte nichts mehr außer meinen eigenen Atem. Schließlich sah er mich an. Sein Blick war unermesslich tief, als könnte er mir bis ins Innerste meiner Seele schauen. Wie Lorenzo.

»Wie Evolet seinerzeit ein Meisterwerk gelang, so wird mir in den nächsten Tagen ebenfalls eines gelingen. Mit dir.«

Silas machte keinen Hehl daraus, dass er, wenn er gekonnt hätte, mir tatsächlich mein Blut ausgesaugt hätte, um es für sich zu nutzen. Es war seine ursprüngliche Absicht, seinen vampirischen Blutanteil auslaufen zu lassen und den anderen mit meinem Gründerblut zu verbinden. Somit hätte er zu den vollständigen und reinrassigen *primum maleficis* gehört. Da die anderen sieben im unendlichen Grab ihren Frieden fanden, wäre er der letzte Wandelnde in der übernatürlichen Welt. Er hätte eine Macht wie niemand sonst. Nicht einmal wenn die Feen ihre Kräfte vereinen könnten, würden sie solch eine solche Machtfülle erreichen. Mit dieser Handlungsfähigkeit hätte er die Herrschaft über das übernatürliche Königreich übernehmen können. Verblüfft sah ich ihn an. Das war also sein Ziel? Seinen Freund vom Thron zu stoßen? Ich versuchte mir mein Entsetzen nicht anmerken zu lassen und hoffte, dass ich eine Gelegenheit bekommen würde, um Lorenzo zu warnen.

»Und warum kannst du das vampirische Blut nicht *auslaufen* lassen? Wie soll ich mir das vorstellen? Blutest du denn gar nicht, wenn du dich zum Beispiel mit einem Messer schneidest?«, wollte ich wissen, obwohl es keine Rolle spielte. Was auch immer der Grund für sein Handeln war, es bewirkte, dass ich dieses Gespräch noch führte und nicht tot war. Und nur das zählte für mich in diesem Moment. Ich war noch am Leben und musste es zurück zu meiner Familie schaffen.

»Meine Wunden bluten schon, aber der Verlust ist gering. Zu deiner anderen Frage. Ich wurde zur Hälfte als Vampir und zur anderen als Abkömmling der primum maleficis geboren. Man kann diese Vererbungsanlagen nicht nach Belieben austauschen. Es wäre auch zu einfach. In dir hingegen fließt ein Teil Blut, das rein ist wie Wasser. Es kann noch eingefärbt werden. Ich will dein Menschenblut aussondern. Tropfen für Tropfen. Das Gründerblut wird es bald vollständig ersetzen, weil es sich selbst nachproduziert, während das andere permanent schwindet, bis es ganz aus deinem Blutkreislauf entwichen ist. Ich werde dich zu einem Mitglied der primum maleficis machen. Der Zirkel wäre ausgeglichen. 8 zu 8.«

Seine Worte hallten schaurig in dem Gemäuer nach und er löste sich buchstäblich in Luft auf. Erschöpft ließ ich meine Lider zufallen.

Ich wurde von einem Kitzeln geweckt. Am Rücken, wie ich es bereits in der Bibliothek gespürt hatte. Es wurde stärker, aber ich konnte mich nicht kratzen, weil ich gefesselt war.

»Erschrick nicht und verhalte dich bitte so leise wie möglich.«

Ich riss die Augen auf. Cleopha. Cleopha war hier! Ich versuchte mein Kreuz leicht anzuheben und die Feder quetschte sich unter meinem Rücken hervor. Sie flog quer durch den Raum und machte sogar einen Salto. Unwillkürlich musste ich lachen.

»Tut mir leid, ich brauche kurz Auslauf«, erklärte sie. Die

Ärmste. Drei Tage lang hatte ich auf ihr gelegen. Mein Gewicht, das sicher ein Hundertfaches von ihrem ausmachte, musste sie fast erdrückt haben. Und sie konnte sich nicht einmal bemerkbar machen, weil ich bewusstlos war oder schlief.

»Cleopha, ich kann gar nicht sagen, wie erleichtert ich bin, dass du da bist!«, seufzte ich. Sie schwebte in meine Richtung und ließ sich auf der Liege nieder.

»Silas kam mir von Anfang an suspekt vor«, meinte sie. »Als es hieß, dass er mit dir alleine sprechen will, habe ich mich in einem unbeobachteten Moment unter dein Shirt geschmuggelt. In der Bibliothek schwante mir schnell, dass er etwas im Schilde führte. Doch es blieb keine Zeit mehr, Lorenzo und Mila zu benachrichtigen. Das hätte nämlich bedeutet, dass ich dich hätte bei ihm zurücklassen müssen, und das war für mich keine Option. Zumal ich auch herausfinden musste, wohin er dich verschleppt.«

Ich dankte Cleopha noch einmal überschwänglich. Dass sie sich für mich, einen Menschen, einsetzte, bedeutete mir viel. Es war nicht selbstverständlich.

»Findest du einen Weg hier heraus und kannst du den anderen sagen, wo ich bin? Mila hilft mir bestimmt, aber meinst du, Lorenzo steht ebenfalls noch auf meiner Seite? Ich gehöre nicht in eure Welt, mein Soll ist erfüllt. Eure Prinzessin ist gerettet. Es gibt keinen Grund mehr, meinetwegen Ärger zu riskieren«, merkte ich zweifelnd an.

»Helena, ja, du hast die Prinzessin gerettet, aber dafür bist du nun selbst gefangen. Weswegen wir sehr wohl in deiner Schuld stehen. Für Mila, Lorenzo und mich zählt schon längst nicht mehr, dass du ein Mensch bist. Für Mila und mich bist du eine Freundin. Und Lorenzo, der Prinz der Übernatürlichen, hat sich bereits gegen seinen Freund gestellt, als er eines Menschenmädchens wegen die Tür eingeschlagen hat, um sich ihm entgegenzustellen. Also wenn das nichts bedeutet. Ich will mich nicht zu weit aus dem Fenster lehnen, aber es kommt mir vor, als wäre da zwischen euch mehr ...«

Cleopha sah mich vielsagend an und ich grinste. War da mehr zwischen uns? Konnte es mehr werden? Wenn ich wieder daheim war, in meinem Dorf, trennten uns neben den zwei Welten auch noch einige Meilen. Sollte ich nie wieder zurückkehren können, hätten wir möglicherweise eine Zukunft.

»Darüber machen wir uns danach Gedanken, okay?«, sagte ich zu Cleopha und fragte sie, wie es weitergehen sollte. Sie erklärte mir, dass sie sich nun davon überzeugt hatte, dass ich lebte, und dass sie als Nächstes herausfinden wollte, wo sich das Verlies, in dem mich Silas gefangen hielt, befand, um es anschließend dem Prinzen und der Prinzessin mitzuteilen. Wir verabschiedeten uns, der vertraute feine, glitzernde Luftschleier bildete sich und durchdrang die Mauer.

12 Stunden später

17. Kapitel

Das Blut floss unglaublich langsam. Es stockte ununterbrochen. Um nicht durchzudrehen, machte ich mir die Mühe und zählte die Sekunden mit. Von einem Blutstropfen bis zum nächsten verstrichen ganze 16 Minuten. Ging ich davon aus, dass insgesamt sechs Liter Blut durch meinen Körper flossen und die Hälfte davon abgesondert werden musste, würde sich die Prozedur bei diesem Schneckentempo noch lange hinziehen. Silas selbst war seit seinem letzten Besuch nicht mehr aufgetaucht. Wahrscheinlich kam er erst wieder, wenn der Beutel vollgelaufen war. Meine Gedanken schweiften zu meiner Familie. Es tat mir in der Seele weh und versetzte mir einen schmerzhaften Stich ins Herz, dass ich keinen Kontakt mit meinen Angehörigen aufnehmen konnte. Sie waren bestimmt halb wahnsinnig vor Kummer. Seit mittlerweile mehr als drei Tagen fehlte jegliches Lebenszeichen von mir. Wenn ich mir umgekehrt vorstellte, dass von meiner Schwester oder meinem Bruder jede Spur fehlte, würde ich den Verstand verlieren. Noch dazu, wenn sie sich in einem anderen Land aufhalten würden. Ungeduldig blickte ich zu dem Beutel. *Nun mach schon. Ich will hier raus!* Ich betete, dass Cleopha einen sicheren Weg nach draußen gefunden hatte. Sie war meine einzige Hoffnung. Plötzlich floss das Blut schwallartig. Schlagartig wurde mir schwindlig. Ich fühlte mich zittrig und fiebrig. Im Delirium hörte ich Milas Stimme.
Ich glaube, wir schaffen es dieses Mal!
Leg dich hin und mach die Augen zu.
Siehst du sie?

Bist du bei ihr?
Ich hörte, wie jemand meinen Namen rief. Am Anfang klang es fern, doch es kam immer näher.
»Helena! Hörst du mich?«
Meine Lider flatterten und ich erkannte eine bekannte Gestalt, die sich mit bestürzter Miene über mich beugte. Lorenzo. Er strich mir übers Gesicht und hielt behutsam meine Hand fest.
»Es tut mir so leid, Helena. Silas war mein Freund. Es wäre mir nie in den Sinn gekommen, dass er dich unter dem Vorwand, dich alleine sprechen zu wollen, entführen könnte!«
»Ich mache dir keinen Vorwurf«, sagte ich geschwächt. Mit aller Kraft versuchte ich meine Augen offen zu halten. Sein Blick war voller Sorge und Anspannung. Er setzte sich auf die Liege und blickte auf den Beutel.
»Cleopha hat uns alles erzählt. Ich habe keine Vorstellung davon, was passiert, wenn die jeweiligen Gruppierungen der primum maleficis eine gerade Zahl ergeben. Was ich weiß, ist, dass du, sobald du die Kräfte und Fähigkeiten benutzen kannst, die du als Anlagen in dir trägst, sehr stark sein wirst. Mächtiger als Silas. Deshalb wäre es ein Fehler, wenn wir diese Bluttrennung abbrechen würden. Anfangs wollten wir dich mittels dieser Traumvision, die unseren Kontakt in diesem Augenblick ermöglicht, aus dem Verlies befreien und dich zu uns holen. Die Zeit für die Entwicklung eines solchen komplexen Zaubers war zu kurz. Aber inzwischen sind wir ohnehin zu einer anderen Ansicht gekommen.«
Ich bedankte mich, dass sie sich so für mich einsetzten, und fragte, warum er dachte, dass es ein Fehler wäre, die Bluttrennung zu beenden.
»Ich habe einen Schritt weiter gedacht. Ich kenne Silas.

Wenn er wütend ist, ist er schwer zu bändigen. Er ist niemand, der nachgibt. Silas würde dich tot sehen wollen, wenn sein Plan nicht aufgeht, und wenn er dafür einen Krieg mit uns anfangen müsste. Es wäre ihm egal. Ich würde mein Möglichstes geben, um dich zu beschützen, aber das ist nicht unser Ziel. Was zählt, ist nicht nur deine Befreiung aus Silas' Händen, sondern langfristig deine Rückkehr zu dir nach Hause. Wenn das Menschenblut aus deinem Körper verschwunden ist, hast du eine übernatürliche Seele. Das heißt, du kannst durch die Grenze gehen«, erklärte er und seine letzten Worte brannten sich in mein Gedächtnis. Wieso war ich nicht von selbst darauf gekommen? Natürlich. Mein menschlicher Teil, der mich hinderte lebendig hindurchzukommen, wurde ausgelöscht. Lorenzos Griff um meine Hand wurde fester.

»Du musst versuchen durchzuhalten. Wir kennen die Pläne von Silas nicht, aber er wird dich nicht in dem Verlies lassen. Er wird dich vermutlich in seine Burg bringen und dich lehren, die Fähigkeiten, die dir durch dein Gründerblut geschenkt sind, zu benutzen. Es ist wichtig, dass du dich selbst gegen ihn wehren kannst, deshalb sollten wir warten, bis du so weit bist, bevor wir eingreifen.«

Die Vorstellung, vorerst weiter in diesem Bunker gefangen zu sein, war beinahe unerträglich. Ohne Fenster und Türen war der Raum beengend und ich wagte es nicht, mich zu erkundigen, wie weit ich mich unter der Erde befand. Dennoch hatte Lorenzo Recht. Wir durften nichts überstürzen und unsere Vorgehensweise musste genauestens durchdacht sein. Mit einem tobsüchtigen Silas im Nacken würde ich nämlich nicht weit kommen.

»Einverstanden. Was meinst du, wie lange es dauern wird, bis ich die ererbten Kräfte einigermaßen benutzen kann?«, fragte ich. Niedergeschlagen dachte ich dabei an die Worte

Milas über die Feen. *Du hast gefragt, was ich alles kann. Ich bin eine Fee und habe Anteile einer Elfe. Es gibt unterschiedliche Arten dieser Spezies. Die, in die ich hineingeboren wurde, verfügt über Zauberkräfte. Jedoch können wir diese nicht automatisch in voller Kapazität benutzen. Es muss erst erlernt werden. Manche erlangen die vollständigen Fähigkeiten erst im hohen Alter.*

»Wenn es um Drachen, Vampire, Feen und Elfen ginge, könnte ich dir diese Frage beantworten, aber über die primum maleficis weiß ich diesbezüglich leider überhaupt nichts. Silas hat mir nur sehr wenig über seine zweite Blutlinie verraten«, antwortete er.

»Wir können also nichts anderes tun, als zu warten. Ich will wieder nach Hause, deshalb werde ich alles daransetzen, um glaubhaft Silas' Spiel mitzuspielen, was auch immer er vorhat. Aber versprich mir, dass ihr trotzdem versucht den Zauber weiterzuentwickeln. Dass du mich im Notfall hier herausholen kannst. Ich brauche diese Sicherheit, um nicht den Kopf zu verlieren. Machen wir uns nichts vor, es wird mehrere Wochen dauern, bis wir darüber nachdenken können, wie ich fliehen kann. Was ich jedoch nicht kann, ist, die Jahre bis zu meinem Menschenlebensende verstreichen zu lassen. Ich habe eine Familie, die nicht mit dem Glück gesegnet ist, bis in alle Ewigkeit zu existieren. Wer weiß, wie viel Lebenszeit meinem Opa noch bleibt. Ich will nicht, dass meinetwegen ihr Leben anders verläuft. Sobald es gefahrlos möglich ist, es ihnen mitzuteilen, sollen sie wissen, dass ich nicht tot bin.«

»Ich verspreche es dir«, sagte Lorenzo leise und im selben Augenblick hallte Milas Stimme sanft durch den Raum.

Wir können den Zauber nicht länger aufrechterhalten, wir werden dich nun zurückbringen.

Noch bevor einer von uns reagieren konnte, löste sich Lorenzo auf und verschwand.

»*Ich komme wieder*«, versprach er und seine Worte klangen bereits weit entfernt. Ich lächelte und warf einen Blick auf den Blutbeutel. Ich schätzte die Füllmenge auf ungefähr zwei Liter. Erneut floss das Blut extrem stockend und nur tröpfchenweise ...

Bereits nach einer halben Stunde besuchte mich Lorenzo wieder. Er wollte fortan jede halbe Stunde, solange ich im Verlies gefangen war, kommen. Zehn, maximal fünfzehn Minuten würde er jedes Mal bleiben. Länger konnte die Traumvision von Mila und ihren Helferinnen jeweils nicht gehalten werden.

»Danach müssen wir das weitere Geschehen abwarten. Es würde auffallen, wenn ich als Prinz dauernd abwesend wäre. Die Feen arbeiten an einem Zauber, der Cleopha für andere unsichtbar macht, während sie für dich sichtbar ist«, erklärte er.

»Meinst du, Silas bekommt von all dem nichts mit? Von deiner Anwesenheit bei mir?«, hakte ich zweifelnd nach. Mich hatte er schließlich gehört, als ich in die Stille hinein fragte, warum er mich entführt hatte.

»Mach dir darüber keine Sorgen. Silas verfügt zwar durch seinen vampirischen Anteil über ein ausgeprägtes Gehör. Dieser Mythos über seine Spezies stimmt. Aus diesem Grund erscheine ich dir als Traum. Dieses Gespräch zwischen uns findet ausschließlich in meinem Kopf statt. So bemerkt niemand etwas von meinen Besuchen.«

Beruhigt ließ ich meinen Kopf zurück auf die harte Liege sinken. Lorenzo setzte sich neben mich und stellte mir Fragen zu meiner Herkunft. Bis die Zeit ablief, erzählte ich ihm von meinem Dorf, meiner Familie, meinen Freundinnen, meiner Kinder- und Schulzeit und wie ich zu diesem Praktikum kam.

»Jetzt bin ich dran mit Fragen«, sagte ich, als er das nächste Mal erschien.

»Einverstanden. Ich gebe mein Bestes, um deine Fragen zu beantworten«, erwiderte er. Ich rutschte mit den Beinen etwas zur Seite, damit er mehr Platz hatte, und er setzte sich bequem hin.

»Beginnen wir mit etwas Leichtem. Mila ist 87 Jahre alt. Wie alt bist du?«

»Ich bin bereits 132«, antwortete er und ich zog verblüfft die Brauen hoch.

»Wow. Du hast dich ziemlich gut gehalten. Ich kenne niemanden, der auch nur ansatzweise so ungeheuer alt ist. In meiner Welt wärst du längst ein Greis!«

»Oh, danke für das Kompliment, Helena. Es schmeichelt mir ungemein, dass du mich als Grufti abstempelst«, meinte er scherzend und fügte hinzu, dass sein Alter dem eines 26-Jährigen entsprach, wenn er ein Mensch wäre.

»Es ist trotzdem seltsam. Wir Menschen vermodern nach so vielen Jahrzehnten bereits unter der Erde. Und du, du sitzt hier in der Blüte deines Lebens, wie meine Oma gesagt hätte, und sollst 132 Jahre alt sein? Selbst wenn mein Papa doppelt so alt wäre wie jetzt, würde er nicht in die Nähe dieser Zahl gelangen!«, stellte ich fest. Lorenzo schmunzelte und hob beschwichtigend die Hände.

»Schon gut, ich habe es verstanden! Du siehst in mir einen uralten und halb verwesten Mann. Mit deinen süßen 17 Jahren bist du für mich eher ein Kleinkind«, konterte er und ich blickte gespielt empört zu ihm auf.

»Ja, ich habe es auch verstanden. Wir wechseln das Thema. Wenn ich mich nicht verrechne, bestehen zwischen dir und Mila 45 Jahre Altersunterschied. Das ist viel. Für Menschen. Außerdem interessiert mich, wie es sein kann, dass du je zur Hälfte ein Drache und ein Vampir bist und Mila die Mischung aus einer Fee und einer Elfe. Habt ihr einen Elternteil nicht gemeinsam?«, wollte ich wissen.

»Der Reihe nach. Das sind viele Fragen. Zunächst zu den verschiedenen Blutlinien. Wir erben die Gene unserer Eltern. Dabei können auch die von vorherigen Generationen übertragen werden. Mein Opa väterlicherseits war ein Drache und meine Oma ein Vampir. Mein Vater wurde ebenso ein Vampir und ich selbst habe die Blutlinien beider männlicher Verwandten bekommen. Kurz nach meiner Geburt erkrankte meine Mutter, im Alter von 206 Jahren, plötzlich an einer seltenen Krankheit. Sie deutete den baldigen Wechsel in die passive Sphäre an. Die Nahrung, die sie zu sich nahm, konnte ihr Körper nicht mehr verarbeiten. Die Krankheit schritt rasch voran. Es konnte ihr niemand mehr helfen. Auch nicht die Trolle, die für ihre unvergleichlichen Heilkräfte bekannt waren. Ihr irdisches Dasein war innerhalb weniger Stunden beendet. Mein Vater heiratete neu, weil man es von ihm als König erwartete, aber er verkraftete den unerwarteten Verlust nie. Anders als bei Menschen bangen wir nicht um unsere Zukunft. Wir sind uns ihrer sicher, da der Tod keine ständige Rolle spielt. Unsereins muss sich nicht sorgen, wenn der Partner das Haus verlässt, dass dieser durch einen Autounfall verunglücken könnte. Deshalb traf es meinen Vater besonders hart, da die Ewigkeit mit einem Mal nichts mehr wert war. Es konnte mindestens noch ein ganzes Jahrhundert dauern, bis er meine Mutter wiedersehen würde. Nach 50 Jahren, fünf Jahre nach der Geburt von Mila, brachte er sich um«, antwortete er bedrückt. Da das Ende seines Vaters nicht der natürliche Lauf der Dinge war, stieg er somit auch nicht in die passive Sphäre auf. Was das Ganze nur noch trauriger machte.

»Das ist ja furchtbar«, erwiderte ich betroffen und sah ihn mitfühlend an.

»Für Mila und mich brach eine harte Zeit an. Wir waren vollkommen auf uns selbst gestellt. Milas Mutter, Talia, war mehr eine Last als eine Unterstützung. Sie war eine Fee mit Elfenvorfahren, daher rührt Milas Blutlinie. Als unser Vater starb, trauerte sie zunächst und entfernte sich tagelang nicht von der aufgebahrten Leiche. Doch wenig später schlug ihre Trauer in eine schier unbändige Wut um. Talia verstand nicht, warum er sie alleine zurückgelassen hatte. In ihren Augen hatte er sie verlassen, um zu seiner ersten Frau zurückzukehren. Ihr einst so fröhlicher und gutherziger Charakter wich einer finsteren, zornigen Facette. Ihre Macht als alleinige Königin spielte sie boshaft aus. Talia befahl beispielsweise den Feen aufwändige Kleider aus hochwertigen Stoffen für sie zu nähen. Sie waren tage- und nächtelang damit beschäftigt. Als die fleißigen Feen ihr ihre Werke präsentierten, begutachtete sie diese kaum und warf sie vor deren Augen in den Kamin. Aufgetischtes Essen fegte sie mit dem Arm vom Tisch, sodass stundenlang geputzt werden musste, denn die Benutzung von Hilfszaubersprüchen gestattete sie nicht. Mit nichts war sie zufrieden zu stellen. Auch die Armee schikanierte sie. Wochenlang musste die Armee hart und ohne Pause trainieren und arbeiten. Zu diesem Zeitpunkt hielt sie ihre Pläne geheim, aber wie sich später herausstellte, wollte sie die Armee für einen Krieg vorbereiten. Schließlich begann sie zu trinken. Als Mila ihr einmal eine Flasche mit dem benebelnden Trank wegnehmen wollte, warf sie diese nach ihr und beschimpfte sie mit Worten, die niemals wiederholt werden sollten. Überhaupt hatte sie kein gutes Wort für meine Schwester. Sie erkannte in ihrem Wesen das unseres Vaters wieder. Wann immer sie konnte, erniedrigte sie ihre Tochter. Einmal gab sie Mila tagelang nichts zu essen und schließlich musste sie zu ihrer Erheiterung mit den Schweinen im Stall, aus einer Schüssel, speisen. Danach schnitt sie ihr die Haare ab. Sie durfte sich nicht mehr waschen und fortan nur noch geflickte Lumpen tragen. Ihr Zimmer wurde in den Keller verlagert. Klein, fensterlos und ohne Bequemlichkeiten war der Raum. Ihre Lagerstatt bestand aus einer hauchdünnen Matratze, die auf dem kalten, steinernen Boden lag. Weitere Möbel gab es nicht. Der Höhepunkt von Talias zerstörerischer Herrschaft über das übernatürliche Königreich war erreicht, als sie Mila das Letzte, was ihr heilig war, nehmen wollte. Den Feengarten. Talia wütete darin wie eine Furie. Riss eigenhändig sämtliche Bäume und Pflanzen aus. Sie entzündete ein Feuer und brannte alle Erntegüter nieder. Der Armee befahl sie riesige Steine und Giftpfeile auf den Garten abzufeuern. Als bereits 17 Feen in der Schlacht um die Rettung des Gartens gestorben waren, wagten es die Untertanen endlich, sich gegen sie aufzulehnen. Letztendlich starb Talia an einem ihrer eigenen Giftpfeile, der sie mitten ins Herz traf. Wir brauchten alle viele Jahre, um uns von dem Geschehenen zu erholen. Es dauerte ebenso lange, das Vertrauen der Übernatürlichen in die Monarchie wiederherzustellen. Die Ratsmitglieder gaben mir Zeit, um mich vorzubereiten, aber im Alter von 60 Jahren musste ich die Thronnachfolge antreten. Es gibt seitdem keine Unterdrückung mehr, die Fesseln unsinniger Regeln und Vorschriften wurden gelöst und die Fähigkeiten aller Wesen werden sinnvoll eingesetzt. In einträchtiger Gemeinschaft der verschiedenen Arten bauten wir unser Zuhause wieder auf.«

Entsetzt starrte ich Lorenzo an. Es war abscheulich, was ihnen allen und vor allem Mila widerfahren war. Mitfühlend fragte ich:

»Wo warst du in all der Zeit, Lorenzo? Was hat sie dir angetan?« Nachdenklich senkte er den Kopf und erzählte, dass Talia ihn in den Kerker gesperrt und wann immer ihr danach zumute war, gefoltert hatte. Sie gab ihm Nahrung, die gerade so zum Überleben reichte, denn er sollte möglichst langsam und qualvoll sterben. Sie ergötzte sich an seinen Schmerzensschreien. Erst nach ihrem Tod wurde er von dieser Qual erlöst.

»Lass uns nicht mehr über dieses dunkle Kapitel meiner Vergangenheit sprechen. Was interessiert dich noch?«, fragte er, als er beim nächsten Mal erschien. Ich verstand, dass er nicht weiter über diesen leidvollen Lebensabschnitt reden wollte. Es wühlte bestimmt viele schmerzhafte Gefühle wieder auf, die er verdrängte und an die er nicht mehr erinnert werden wollte. Ich versuchte möglichst unbefangen ein neues Thema anzuschneiden.

»Eine ganze Menge! In Büchern oder Filmen, die ich zu diesem Thema kenne, können Übernatürliche oft keine Kinder bekommen. Bei euch ist das anders, wie ich sehe.«

»Es ist tatsächlich anders, jedoch etwas abweichend von den Menschen. Die übernatürlichen Frauen können jeweils nur ein Kind bekommen«, antwortete er. Wir schwiegen einen Moment und ich lenkte schließlich das Gespräch auf Silas und dessen finstere Pläne.

»Cleopha hat mich darüber in Kenntnis gesetzt«, meinte er bitter.

»Es tut mir leid«, sagte ich.

»Silas zeigt nun sein wahres Ich. Es ist enttäuschend. Ich dachte, wir wären gute Freunde, aber das Einzige, was er wollte, als er sich mit mir anfreundete, war, sich Zugang zum Schloss zu verschaffen und somit zu den Machthebeln der Monarchie. Den Platz im Rat hat er sich aus Eigennutz erkämpft und nicht um ein gewissenhafter Stellvertreter seiner Spezies zu sein«, erwiderte er gekränkt.

»Er darf auf keinen Fall sein Ziel erreichen. Er würde seine Machtposition ebenso ausnutzen wie Talia. Aber was mich noch interessiert: Wie wird man König in eurem Reich? Wie wirst du König, wie ist eure Familie zu dieser Position gekommen und wie will Silas als *Bürgerlicher* zu diesem Amt gelangen?«, wollte ich wissen.

»Ich merke schon, bei dir kommt selten eine Frage alleine«, stellte Lorenzo lächelnd fest und erklärte, dass man als Erstgeborener der Nächste in der Thronfolge war und ein Prinz erst durch eine Heirat zum König wurde. Zur Geschichte der Monarchie berichtete er mir, dass vor sehr langer Zeit die primum maleficis diese Herrschaftsform begründet hatten. Einen Rat gab es auch damals. Nach der Grenzschließung wollten sich die primum maleficis von ihren Ämtern zurückziehen und sich voll und ganz auf ihren Zirkel konzentrieren. Sie beschlossen, dass alle Ratsmitglieder, die dazu bereit waren, sich einer Prüfung unterziehen sollten. Der Gewinner durfte fortan das Regiment übernehmen.

»Bestimmt nahmen alle daran teil, oder?«, hakte ich nach.

»Ja, mitgemacht hat jeder im Reich. Nur gab es unterschiedliche Herangehensweisen. Während die Feen und Trolle versöhnliche Wesen waren, auch dazu bereit eine eventuelle Niederlage zu akzeptieren, strebten die Vampire und Drachen von vornherein mit aller Macht den Sieg an. Sie entwickelten einen stetig wachsenden Ehrgeiz. Die Drachen trainierten mit ihrem Vorstand ihre Fähigkeiten bis aufs Blut. Und auch die Vampire wurden angetrieben von der Besessenheit der Idee, die Anführer der übernatürlichen Welt zu werden. Bereits nach wenigen Wochen fand die Prüfung statt. Sie dauerte drei Tage lang. Insgesamt konnten die Teilnehmer 300 Punkte sammeln. In sämtlichen Kategorien erreichten die Drachen die Höchstpunktzahl. Dicht gefolgt von den Vampiren. Letztendlich übertrafen die Drachen, meine Vorfahren, die Vampire mit sieben Punkten. Die Vampire waren überaus wütend. Auf die Drachen und auch auf sich selbst. Sie begannen auch untereinander zu streiten. Schließlich sprachen die primum maleficis ein Machtwort. Der Zirkel drohte den Vampiren, sie aus der übernatürlichen Welt zu verbannen, wenn sie ihren neuen König nicht anerkannten und weiter Unfrieden stifteten«, antwortete Lorenzo.

»Das ist lange her. Trotzdem gibt es bestimmt Übernatürliche unter euch, die das Ergebnis heute noch nicht akzeptieren. Silas zum Beispiel«, erwiderte ich und Lorenzo stimmte zu. Er hätte es nur nicht von Silas vermutet. All die Jahre war er bei ihnen als Freund ein und aus gegangen. Seine Absicht war, sich ihr Vertrauen zu erschleichen und ihnen ein gutes Verhältnis vorzugaukeln, um in einem geeigneten Moment Lorenzo und Mila ohne große Mühe zu vernichten. Wenn sie tot wären, gäbe es derzeit keine Nachkommen. Anschließend würde es eine Neuwahl geben. Die Prüfung würde sich wiederholen und die Karten würden neu gemischt werden. Silas hatte einen sicheren Platz im Rat. Er könnte antreten und als Angehöriger der Gründerblutlinie hatte er, mit großem Abstand, die reellste Chance auf den Sieg.

»Sollten wir nicht Evolet warnen?«, fragte ich. Lorenzo erklärte mir, dass er das unendliche Grab bisher nur durch Silas erreicht hatte. Es war schwer und schier unmöglich, die primum maleficis als Außenstehender zu erwecken. Zumindest ohne Hilfe.

»Sobald du eine von ihnen bist, wirst du es können und ...«

Lorenzo löste sich auf und das Letzte, was ich sah, war sein hasserfüllter Blick. Verwirrt blickte ich zu ihm auf.

»Gleich ist es so weit.«

Silas.

Lorenzos Ingrimm hatte also nicht mir, sondern ihm gegolten. Silas bezog neben der Liege Position und grinste hämisch. Er drückte einen Knopf am Infusionsständer und das Blut floss schneller.

»Das Teil hat gute Arbeit geleistet. Ich bin stolz auf mein ... Wie nenne ich es? Präpariertes medizinisches Hilfsmittel?«, meinte er andächtig. Ich reagierte darauf nicht und versuchte mich für das Bevorstehende zu wappnen. Er wies mich darauf hin, dass nur noch fünf Tropfen fehlten. Laut zählte er mit.

»4.«

»3.«

»2.«

»1.«

»0.«

Silas zog die Nadel aus meiner Armbeuge und eine Welle aus Wärme floss durch meinen Körper. Von den Haarspitzen bis in die Zehen. Gierig betrachtete er mich und löste die Fesseln von meinen Händen und Füßen.

»Kannst du aufstehen?«, fragte er, aber ich fühlte mich wie gelähmt. Ich nahm all meine Kraft zusammen, doch so sehr ich mich auch anstrengte, ließ sich kein einziger Körperteil bewegen. Erschöpft sank ich zurück. Meine Lider wurden schwer und fielen zu.

Nachdem ich das Bewusstsein wiedererlangt hatte, öffnete ich meine Augen, aber ich sah nichts. War ich erblindet? Panisch zwinkerte ich, aber der blinde Fleck blieb derselbe. Als wären meine Augen weiter geschlossen.

»Grundgütiger«, hauchte Silas und seine Stimme klang weit entfernt.

»Das war erst der Anfang«, fügte er hinzu.

18. Kapitel

Mühsam öffnete ich meine Augen. Die neu auf mich einströmende Helligkeit blendete mich, sodass ich mich erst daran gewöhnen musste. Meine Sehkraft war zurück! Ich befand mich nicht mehr im kalten Verlies, sondern in einem Raum mit bodentiefen Fenstern. Das bedeutete, dass ich mich wieder über der Erde befand. Erleichtert atmete ich aus und testete, ob ich die Kontrolle über meinen Körper hatte und die Signale des Gehirns wieder in meinen Gliedmaßen ankamen. Ich richtete mich auf und es funktionierte. Ich streckte die Arme und Füße in die Luft und bewegte die Finger und Zehen einzeln. Ein stechender kurz anhaltender Schmerz schoss durch meinen Kopf. Ich rieb meine Hände an den Schläfen und unterdrückte einen Laut. Erneut wagte ich es, meinen Kopf zu heben. Der Schmerz war verschwunden. Ich sah mich um. Der Raum war prachtvoll eingerichtet. Ich selbst saß zwischen den weichen Kissen eines majestätischen Himmelbetts. Über das weiße Bettzeug spannte sich eine breite weinrote Decke. An dem silbernen Gestell des Bettes hingen an vier Säulen schwere weiße Vorhänge mit dezenten Mustern. Festgehalten wurden sie von dicken Schnüren. Umrandet wurde das *Dach* mit einem gerafften Stoff, der den Farbton der Decke wiederaufnahm. Links und rechts neben dem Bett waren silberne, aufwändig verarbeitete Nachtkästchen platziert. Auf ihnen standen jeweils Lampen, die ähnlich imposant gestaltet waren. Außerdem gewahrte ich in einer Ecke des Zimmers einen Standspiegel mit einer altertümlichen Einfassung und einen Schrank. Daneben befand sich eine große Holztür. Der Boden des Raumes war mit einem grauen Teppich ausgelegt und an der Decke prangte ein funkelnder Kronleuchter. Die Wände waren mit farblich passenden und filigran bestickten Stoffen bespannt. Letzteres wirkte im Vergleich zu den weißen Wänden zu Hause ungewohnt und erdrückend.

»Silas. Bist du hier?«, fragte ich zaghaft ins Leere. Es folgte eine schleppende Stille, bis es schließlich klopfte.

»Dürfen wir eintreten?«, erkundigte sich eine Frauenstimme. Mir blieb keine Zeit, ein Ja auszusprechen, da drang durch das wuchtige Edelholz der Tür ein bernstein- und fliederfarbener, glitzernder Nebelschleier. Kaum einen Wimpernschlag später formten sich daraus zwei Gestalten. Sie waren halb so groß wie ich, näherten sich mir und verbeugten sich. Die eine sah zu mir auf und machte einen Knicks.

»Sei gegrüßt, Helena. Ich bin Nela«, stellte sie sich vor. Nela hatte dunkelbraune Augen und langes rehbraunes Haar, das kunstvoll geflochten war. Sie trug ein knielanges, olivbraunes, schimmerndes Kleid. Ein Merkmal waren ihre spitzen Ohren, die auch ihre Begleiterin kennzeichneten. Als diese sich ebenfalls erhob, erkannte ich, dass ihre Gesichter beinahe identisch waren. Kleine Näschen, hohe Wangenknochen, ein wohlgeformter Mund sowie ein heller Teint.

»Und ich bin Alva. Nelas Elfenzwillingsschwester«, ergänzte sie. Im Gegensatz zu ihrer Schwester trug sie ihre exotisch violetten Haare kurz. Alvas Iris war in einer Abstufung dieser Nuance eingefärbt und sie war ebenfalls farblich passend gekleidet. Alles in allem wirkten sie friedlich. Aber hatte ich richtig gehört? Zwillinge?

»Mir hat man gesagt, dass übernatürliche Frauen jeweils nur ein Kind bekommen können. Wie ist es möglich, dass ihr zu zweit seid?«, fragte ich und Nela räusperte sich.

»Wir sind die einzigen Zwillinge in der Geschichte der übernatürlichen Welt. Unserer Mutter wurde abgeraten uns auszutragen, als festgestellt wurde, dass wir nicht gewöhnliche Einzelbabys sind. Die Schwangerschaft war jedoch schon weit fortgeschritten und für sie stand es nicht zur Debatte, uns zu töten. Sie ist bei der Geburt gestorben ...«

»Das tut mir leid«, erwiderte ich leise.

»Unsere Mutter war nicht sonderlich integriert in dem sozialen Gefüge hier. Sie lebte abgekapselt und größtenteils alleine, deshalb war auch niemandem etwas über einen Mann bekannt, der möglicherweise unser Vater sein könnte. Silas hat uns als junge Mädchen bei sich aufgenommen. Er bietet uns Sicherheit. Ein Dach über dem Kopf, Arbeit, Essen und Kontakte innerhalb seines Machtbereiches. Alles, was wir brauchen. Wir sind ihm sehr dankbar. Nun hat er uns aufgetragen, dir beim Zurechtmachen behilflich zu sein und dich anschließend zu ihm zu bringen«, fügte Alva hinzu und bat mich aufzustehen.

»Was hat er vor?«, fragte ich schwach.

»Verzeih uns, aber wir dürfen darüber nicht reden. Silas hat uns gedroht, dass er uns aus seiner Burg jagt, wenn wir uns nicht daran halten«, meinte Alva entschuldigend, aber auch entschlossen. Beide traten näher und schlossen für einen Moment ihre Augen. Flügel wuchsen aus ihren Rücken und sie hoben ab. Sie schwebten um mich und murmelten leise geheimnisvolle Sätze. Ich wurde von einer sichtbaren Luft umhüllt, die sternregenartige Funken sprühte. Es war, als würde ich wachsen, und eine ähnliche Wärme, wie sie mich schon im Verlies durchströmt hatte, machte sich in mir breit. Plötzlich spürte ich ein sanftes Kitzeln. Cleopha war hier. Noch bevor ich reagieren konnte, beendete ein leiser Knall die Prozedur und der Spiegel stand unmittelbar vor mir.

»Nun bist du mit der ewigen Jugend gesegnet«, sagte Nela ehrfürchtig und wich zur Seite, damit ich mich intensiv betrachten konnte. Neugierig musterte ich mein Spiegelbild. Es war, als hätte jemand mit einem Pinsel meine Erscheinung nachgezeichnet und verbessert. Meine Haut war makellos. Der Haaransatz dichter. Ich fuhr mir mit den Fingern durch mein Haar. Es fühlte sich geschmeidiger und gesünder als zuvor an. Die Brauen wölbten sich in perfektem Schwung über meinen Augen und die Wimpern hatten an Fülle gewonnen. Die Augen waren eine Spur dunkler und viel tiefgründiger. Mein Körper wirkte gestreckter und durchgeformter. Ich fühlte mich wie frisch geduscht, obwohl mich kein einziger Tropfen Wasser berührt hatte. Auch meine Kleidung war eine andere. Ich steckte nun in beigefarbenen flachen Stiefeln, einer schwarzen Jeans, einem Gürtel mit einer goldenen Schnalle und einem weißen Shirt. Nela nahm sich meines Haupts an und hatte mir bald mit geübten Griffen die Haare aus der Stirn geflochten. Alva tänzelte in der Zwischenzeit um mich herum und hängte mir eine schlichte Kette um, beförderte Ohrstecker an meine Ohren und ein Armband an mein Handgelenk.

»Fürs Erste genügt das«, meinte Nela und auch Alva beäugte mich zufrieden.

»Beeilen wir uns. Silas erwartet sie bereits.«

Ohne Fragen stellen zu dürfen, musste ich eine schwarze Augenbinde aufsetzen. Sie ergriffen jeweils eine meiner Hände und danach ging alles sehr schnell. Ich merkte, wie mich ein kalter Luftzug streifte und ich den Boden unter den Füßen verlor, jedoch nicht das Gleichgewicht. Die Elfenzwillinge transportierten mich sanft und geräuschlos zu einem anderen Platz.

»Du kannst die Augenbinde nun abnehmen«, erlaubte Silas. Zögerlich und mit pochendem Herzen schob ich sie bis zur Stirn. Wir befanden uns mitten im Wald in einem überschaubaren Käfig mit breiten, dunklen Gitterstäben. Das eingezäunte Gelände glich einer afrikanischen Grassteppe. Akazienbäume zierten das Gehege sowie eine Wasserstelle, die nicht weit von uns entfernt lag.

»Du willst mich hier einsperren und halten wie ein wildes Tier? Der Lebensraum von Menschen sieht anders aus. Ich denke nicht, dass ich eine solche Gefangenschaft lange überleben werde«, warf ich ängstlich ein. Silas lehnte sich gelassen an das schwere, ausbruchssichere Gitter.

»Du bist kein Mensch mehr, aber dein Zimmer hast du bereits gesehen und ich denke, es ist angemessen. Über deine bisherige Lebensweise habe ich zuverlässige Informationsquellen. Hier hingegen wohnen andere, für die diese Unterbringung geeignet ist«, erwiderte er und schnipste mit den Fingern. Keine zehn Meter von uns entfernt wurde etwas sichtbar, was womöglich bereits die ganze Zeit dort war. Ein querliegender Baumstamm, auf dem ein weißer männlicher Löwe ruhte. Um ihn herum verteilten sich drei Löwinnen und zwei Jungtiere, die mich neugierig musterten. Panisch wich ich zurück. Ich prallte an die Absperrung und hielt mich an Silas fest.

»Ist das dein Ernst? War es den ganzen Aufwand wert, wenn du mich nun den Löwen zum Fraß vorwirfst? Wenn du mich tot sehen willst, bring mich doch einfach sofort um!«, schrie ich aufgebracht. Er wandte sich mir zu und fasste mich unsanft bei den Schultern.

»Beruhige dich, Helena! Das ist ein Test, ob mein Experiment tatsächlich gelungen ist. Ich gebe dir einen Rat. Konzentriere und fixiere dich auf das Alphatier. Tatsächlich wirst du ihre Mahlzeit sein und ich würde mir die nächste

Fütterung sparen können, wenn du nicht aufhörst dich zu wehren. Lass die Situation zu. Lass zu, dass sich etwas in dir verändert. Du bist jetzt eine Angehörige der primum maleficis, eine Hexe. Du wirst imstande sein, Dinge zu vollbringen, die du nie für möglich gehalten hast. Bereits in diesem Moment bist du stärker als alle anderen Arten der übernatürlichen Welt. Es liegt nun an dir, diese Fähigkeiten zu benutzen.«

Er trat zur Seite und gab dem Löwen ein Handzeichen. Das prächtige und muskulöse Tier erhob sich gemächlich und sprang mit einem gewaltigen Satz von dem Baumstamm. Anmutig schritt es mit seinen kräftigen Pranken auf mich zu. Mein Atem beschleunigte sich. Es gab keinen Ausweg. Ich war dem König der Tiere völlig ausgeliefert. Innerlich rang ich mit mir. Es war beinahe unmöglich, dem Drang wegzulaufen zu widerstehen. Da hörte ich Cleophas Stimme in meinem Kopf.

Beweg dich nicht. Wenn du jetzt rennst, hast du verloren. Er wird dich als Beute betrachten und jagen. Der Käfig ist nicht groß und deine Überlebenschance sehr gering. Geh in dich und such deine Mitte. Das kannst du nur, wenn du den Fokus deines Denkens nicht auf die Flucht legst. Ich bin nur eine Feder, aber ich weiß, dass diese weißen Löwen für die Übernatürlichen irgendeine wichtige Bedeutung haben.

Ich holte tief Luft. Ich musste es schaffen. Für meine Familie. Für Mila und für Lorenzo. Wenn ich jetzt aufgab, war alles umsonst. Ich nahm all meinen Mut zusammen und sah dem Löwen direkt in die Augen. Sie waren hellgrün und bildeten einen eindrucksvollen Kontrast zu seinem weißen Fell. Der Löwe knurrte. Er fletschte die Zähne und zwei spitze Fangzähne wurden sichtbar. Ich wich einen Schritt zurück, nahm die Hände nach hinten und umklammerte die Gitterstäbe. Er war bei mir angekommen und tigerte vor mir auf und ab. Silas verfolgte gebannt das Geschehen. Ich wusste nicht, was von mir erwartet wurde und was ich machen sollte. Einen Hexenspruch aufsagen? Ich kannte keinen einzigen!

Der Löwe blieb vor mir stehen und setzte sich. Seine wallende Mähne wehte sanft im Wind. *Bitte tu mir nichts*, dachte ich bei mir und schloss meine Augen. Es dauerte nicht lange und er brüllte so laut, dass ich mir die Ohren zuhalten musste. Als es wieder still war, hob ich zaghaft meine Lider und sah direkt in die Tiefen seiner schaurig-schönen grünen Augen. Wir waren keinen Meter voneinander entfernt und ich spürte seinen Atem auf meiner Haut. Ich fühlte, wie sich eine Verbindung zwischen uns aufbaute. Mein Herzschlag wurde ruhiger und ich nahm seinen wahr.

»Berühre sie endlich!«, befahl Silas dem Löwen und unterbrach somit die Bindung. Er hob eine Tatze und ich hielt standhaft weiter seinem Blick stand. Irgendetwas sagte mir, dass er es nicht tat, um auszuholen und mich zu verletzen. Wie durch Zauberhand hob sich auch meine Hand und ich berührte seine Pranke. Ein magisches Band bildete sich und hinterließ auf meinem Ringfinger einen Ring mit einem filigranen Löwenkopfamulett.

»Seit jeher sind die weißen Löwen dazu auserkoren, die Arten zu identifizieren«, erklärte mir der Löwe. »Jedes Neugeborene wird hierfür zu uns gebracht und erhält ein Symbol, das die Kräfte der jeweiligen Spezies entfaltet. Diesen Ring bekommen nur reinrassige primum maleficis. Ich hätte es nicht für möglich gehalten, aber Silas ist ein wahres Meisterwerk gelungen. In deiner Seele ist nichts Menschliches mehr vorhanden.« In der tiefen Stimme des Löwen lag Erstaunen. Er ließ seine Tatze sinken und fügte hinzu, dass für mich die Berührung tödlich ausgegangen wäre, wenn ich auch nur einen Tropfen menschliches Blut in mir gehabt hätte. Mein Herz wäre stehengeblieben, wenn er bei seiner Prüfung in mein Innerstes vorgedrungen wäre. *Das ist ja furchtbar,* wisperte Cleopha und ich wandte mich entsetzt an Silas.

»Hast du das gewusst?«

»Ja, aber noch nicht lange. Für die Übernatürlichen war es bislang unvorstellbar, dass ein Mensch sich der Prüfung durch einen weißen Löwen stellen muss. Als ich anfing dein Blut zu trennen, kam mir der Gedanke, dass es die einfachste Methode ist, um herauszufinden, ob du eine vollwertige Hexe bist. Ich war mir sicher, dass es funktioniert hat und ...«

»Und da hast du es in Kauf genommen, dass ich tot umfallen könnte, und es als kleine Nebensache abgetan!«, ergänzte ich empört.

»Helena, du weißt, dass du nur lebend für mich wertvoll bist. An deinem vorzeitigen Tod habe ich kein Interesse. Es ging mir lediglich um eine offizielle Bestätigung deiner Abstammung. Du brauchst diesen Ring. Früher oder später hättest du dich den weißen Löwen ohnehin stellen müssen, um deine Kräfte benutzen zu können«, erklärte er und schnaubte wütend auf. Ein Blutstropfen, ein einziger, hätte genügt, um mein Leben auszulöschen! Der Blick des Löwen wurde weicher. Väterlich wandte er sich an Silas und mich.

»Ich wiederhole diesen Satz, Silas: *An deinem vorzeitigen Tod habe ich kein Interesse.* Es bedeutet, dass ihm etwas an dir liegt, junges Mädchen. Silas, ich gebe die Hoffnung nicht auf. Eines Tages wirst du jemanden finden, der es auf dein Herz regnen lässt. Das Gute in dir, deine Liebe und Herzlichkeit sind verdorrt wie eine ausgetrocknete Wüstenregion. Irgendwann wird es wieder zum Leben erweckt werden und du wirst es schätzen. Nun zu dir, Helena. Ich begrüße dich im Namen der weißen Löwen im Zirkel der primum maleficis und in der übernatürlichen Welt. Möge unser Schutz stets mit dir sein und mögest du eine gütige Hexe werden. Ich verabschiede mich. Vielleicht treffen wir uns wieder, wenn einer von euch ein Neugeborenes zu mir bringt.«

Er neigte den Kopf und im nächsten Augenblick waren er und sein Gefolge verschwunden. Silas verdrehte die Augen und schüttelte den Kopf.

»Ich weiß nicht, welche Pillen der einwirft, dass er so einen Blödsinn schwafelt ...«, meinte er und zeigte mir den Vogel. Ob ich es wollte oder nicht, ich musste lachen, und auch bei ihm zuckten leicht die Mundwinkel.

19. Kapitel

Silas meinte, dass es für diesen Tag genug war. Als es dämmerte, trafen wir uns auf der Dachterrasse zum Essen. Jeder Winkel der Burg und auch der Platz, auf dem wir uns befanden, waren mit Fackeln beleuchtet. Den Boden der Terrasse bildeten grob behauene Steine und in einer Ecke war eine gemütliche weiße Sitzecke platziert, die einen modernen Kontrast zu dem Rest bildete.

»Nimm Platz«, sagte Silas und machte eine einladende Geste. Ich ließ mich in den weichen Polstern nieder. Silas setzte sich mir gegenüber. Auf dem Glastisch vor uns flammten vanillegelbe Kerzen in verschieden hohen Gefäßen auf.

»Soll ich ein Foto für den weißen Löwen schießen? Das ist doch romantisch. Vielleicht ändert er dann seine Meinung über die ausgetrocknete Wüstenregion in meinem Herzen«, meinte er scherzend und ich war erleichtert, dass der Bann gebrochen war. Seinen plötzlichen Sinneswandel konnte ich mir nicht erklären, aber ich hatte das Gefühl, dass er mich nicht mehr nur als einen Gegenstand betrachtete, den er für seine Zwecke benötigte, sondern nun auch als eine Person wahrnahm, zu der man durchaus freundlich sein konnte. Wie lange dieser Stimmungswechsel anhielt, konnte ich allerdings nicht einschätzen, deshalb schätzte ich es einfach für den Augenblick und versuchte mitzuspielen und an seine Bemerkung anzuknüpfen, um sein Vertrauen zu erlangen. Wenn ich ihn glauben lassen könnte, dass von mir keine Gefahr ausging, würde das für meine Flucht überaus hilfreich sein.

»Dieses schöne Ambiente haben bestimmt deine Angestellten gezaubert, oder?«, entgegnete ich.

»Zugegeben. Ich war auch überrascht, als ich das Kerzenmeer vorgefunden habe«, meinte er.

»Das waren wir«, flötete Nela von oben herab. Sie und Alva schwebten über unseren Köpfen.

»Anstelle einer netten Dekoration bevorzuge ich ein gutes Essen!«, erwiderte er gereizt.

»Wenn schon einmal eine Frau auf der Burg ist, dachten wir …«, begann Alva und Silas unterbrach sie, dass es Zeit für die Bestellung war. Er fragte mich, was ich essen wollte.

»Am liebsten eine Pizza«, antwortete ich. Silas grinste.

»Du kannst alles an Leckereien haben, was du willst, und du möchtest ausgerechnet eine einfache Pizza? Aber gut, warum nicht? Statt eines edlen Fisches oder teuren Fleisches eben das.«

Einen Wimperschlag später standen vor uns zwei große Teller mit herrlich duftenden Pizzen. Ich schnitt mir eine Ecke ab und biss hinein.

»Oh, die ist wirklich lecker!«, bemerkte ich und Silas bestätigte es.

»Ich kann mich nicht erinnern, wann ich die letzte Pizza gegessen habe«, meinte er. Als wir fertig waren, räumten die Elfenzwillinge ab und ließen uns alleine. Ich nippte an einem Wasser und Silas goss sich ein Glas Rotwein ein. Plötzlich legte sich ein Schatten über mein Gemüt. Während ich hier unbekümmert eine Pizza aß, litt meine Familie.

»Was ist los?«, wollte Silas wissen. Seine Stimme klang besorgt, aber das konnte ich mir auch einbilden. Verzweifelt und flehend blickte ich zu ihm auf.

»Kannst du irgendetwas tun, damit ich erfahre, wie es meiner Familie geht? Bitte. Ich halte das nicht mehr aus.«

Er atmete tief aus und nickte schließlich.

»Ehrlich?«, fragte ich überrascht. Silas stand auf und hielt mir seine Hand entgegen. Ich nahm sie und erhob mich ebenfalls. Er streckte seine andere freie Hand aus und aus einer Ecke der Terrasse kam ein Besen angebraust. Er hatte grobe Borsten und einen dunkelbraunen, altertümlichen, hölzernen Stiel, an dem ein Jadeedelstein hing.

»Alles, was vor einer Minute passiert ist, gehört bereits der Vergangenheit an, deshalb werde ich dich zur Kugel der Vergangenheit bringen und du kannst deine Familie sehen. Ich werde uns mit einem Zauber belegen, der uns unsichtbar macht, damit wir uns unbemerkt bewegen können«, erklärte er und stieg auf seinen Besen. Er bedeutete mir, hinter ihm aufzusteigen und mich an seiner Taille festzuhalten.

»Klammere dich gut fest«, riet er mir und sprach ein paar Worte, die lateinisch klangen. Der Besen setzte sich daraufhin in Bewegung und hob behutsam ab. Wir stiegen weiter in die Luft und umkreisten die beleuchtete Burg. Der Wind wehte mir sanft durchs Haar. Es war ein unglaublich freies Gefühl. Der Fahrtwind. Die Aussicht. Ich durfte nur nicht direkt nach unten sehen, da wir uns in einer schwindelerregenden Höhe befanden.

Wir flogen hinab ins Tal und steuerten auf den leuchtenden, eisblauen See zu. Mit einem Ruck landeten wir an seinem Ufer.

»Dieser Flug war wirklich unglaublich schön«, sagte ich und stieg ab.

»Okay, dann beginnen wir morgen mit Flugstunden«, erwiderte er erfreut und ich kniff die Augenbrauen zusammen. Ich sollte fliegen? So hatte ich das nicht gemeint. Ich wiegelte ab.

»Ich glaube nicht, dass ich das hinbekommen werde. Es sei denn, ich würde nur ein bis zwei Meter über der Erde fliegen. Nur zur Sicherheit. Falls ich abstürze, habe ich wenigstens eine reelle Überlebenschance und ...«

»Helena, darüber kannst du dir morgen Sorgen machen. Los, komm«, entgegnete er und schob mich zum Wasser. Zögernd setzte ich einen Fuß vor den anderen. Einerseits konnte ich es kaum erwarten, meine Familie zu sehen, andererseits versuchte ich, solange es ging, zu verdrängen, welche traurigen Bilder und Eindrücke ich erblicken würde.

Silas streckte seinen rechten Arm aus, schloss die Augen und bewegte lautlos seine Lippen. Ein magischer weißer Strahl bahnte sich von seiner Hand aus einen Weg auf der Oberfläche bis zur Kugel und das Wasser kam in Wallung. Es blubberte und sprudelte. Kleine Wellen bildeten sich, die rasch zu großen Wogen anwuchsen. Plötzlich zog sich das Wasser zu beiden Seiten des Strahls zurück und es bildete sich eine breite Gasse. Staunend sah ich Silas an.

»Hm, warte. Das sieht mir zu sehr nach Moses aus«, meinte er kritisch und sprach laut einen anderen Spruch. Augenblicklich vereinte sich das Wasser wieder. In riesigen Wellen schlug es ineinander, dass es nur so spritzte. Dann beruhigte sich die Wasseroberfläche. Zunächst bildeten sich hier und da vereinzelte überdimensionale Eiskristalle. Sie vervielfältigten sich, die Oberfläche gefror und formte sich zu einem Weg. Ich war beeindruckt, trotzdem konnte ich mir einen neckischen Kommentar nicht verkneifen.

»Und was war das? Bist du die männliche Version von Elsa?«

»Haha, sehr witzig!«, gab er zurück und nahm erneut meine zittrige Hand. Ich versuchte meine Furcht so gut wie möglich zu verbergen, indem ich vom eigentlichen Thema ablenkte, aber es gelang mir nicht ganz. Zögerlich betrat ich das Eis. Nach den ersten vorsichtigen Schritten war ich mir sicher, dass ich nicht einbrach. Silas führte mich bis zur Kugel. Ich blickte um mich. Außer uns war niemand dort.

»Wo sind die Schattengestalten?«, wollte ich wissen.

»Ich kann die Fähigkeit der Kugel auch ohne die Schattengestalten nutzen«, erklärte er und wies mich an, meine Hand aufzulegen. Ich berührte den leuchtenden Kristall mit unebener Oberfläche. Silas legte seine Hand auf meine und gebot mir, meine Augen zu schließen. Ich ließ meine Lider sinken und wurde augenblicklich in eine Art Trance versetzt. Langsam wurde ein Bild sichtbar. Anders als bei meiner letzten Reise, bei der ich ein Teil des Geschehens war, betrachtete ich es nun von außen aus der Entfernung.

Zunächst erschien mein Opa. Zusammengekauert saß er auf der Eckbank seines Wohnzimmers vor dem Kamin. Sein Blick war starr auf ein Foto auf der Kommode gerichtet. Es wurde an meinem zweiten Geburtstag aufgenommen. Es zeigte, wie meine Oma mit einer selbstgebackenen Torte vor mir kniete. Ich selbst pustete im selben Moment mit vollem Einsatz und aufgeblasenen Backen die Kerzen aus. Hinter mir stand mein Opa zur Unterstützung, der mir beim Ausblasen half. Ich bemerkte ihn nicht und sie ließen mich im Glauben, dass ich es alleine geschafft hätte. Ich lächelte. Doch mein Lächeln erstarb, als ich zu meinem Opa aufsah. Seine Augen waren rot umrandet. Er stützte sich am Kaminsims ab, stand auf und nahm das Bild in die Hand.

»Johanna, erinnerst du dich, was wir uns einst versprochen haben? Ein gemeinsames Leben und einen ebensolchen Tod. Hand in Hand. Wo auch immer wir hinkommen, wenn wir sterben, wir wollten von Anfang an zusammen dort sein. Keiner von uns sollte alleine auf dieser Welt bleiben. Weißt du noch, dass wir kaum den Gedanken ertrugen, getrennt voneinander zu sein? Nun ist

es anders gekommen. Du bist fort und es vergeht keine Stunde, in der ich dich nicht vermisse. Jeden Morgen kämpfe ich mit mir selbst, um die Kraft für einen neuen Tag ohne dich zu finden. Und jetzt soll mir auch noch unsere geliebte Enkelin genommen werden? Sie ist noch so jung! Ich bin alt. Ich durfte so vieles erleben. Ich kann gehen, aber Helena hat doch noch alles vor sich. Diese Ungewissheit über ihren Verbleib ist kaum auszuhalten. Es raubt uns allen die Luft zum Atmen. Ich hoffe, dass ihr keine Schmerzen zugefügt werden, dass sie nicht leiden muss und ...«

Er schlug die Hände vors Gesicht und begann laut zu weinen. Sein alter und gebrechlicher Körper bebte. Er sah auf das Bild.

»Wo immer du bist, pass auf sie auf«, brachte er schluchzend hervor und mein Herz brach auseinander. Alles hätte ich dafür gegeben, um jetzt bei ihm zu sein. Mich in seine schützenden Arme zu werfen und ihm mitzuteilen, dass es mir so weit gut ging. Dass ich lebte.

Als Nächstes erblickte ich meinen Vater. Er stand auf dem Friedhof vor dem Grab meiner Oma. Es war bereits dunkel und der Nachthimmel mit Sternen überzogen. Das Licht von Grabkerzen erhellte schwach seine Gestalt. Seine Lippen bewegten sich nicht, aber ich hörte seine Gedanken.

»Ich habe mich noch nie zuvor in meinem Leben so machtlos gefühlt. Ich weiß nicht, wie es dir ging, Mama, aber seit meine Kinder geboren wurden, hatte ich das Gefühl, in gewisser Weise meine schützende Hand über sie halten zu können. Ich war bemüht, ihre Geschicke zu lenken, ihnen die Wege ins Leben zu ebnen und sie auf eine selbstbestimmte Zukunft vorzubereiten. Das fing im Kleinen an. Als Helena beispielsweise ohne Stützen Fahrrad fahren lernte, lief ich hinter ihr her und stützte sie am Gepäckträger, wenn die Angelegenheit zu wacklig wurde. Sie bemerkte es nicht, konnte dadurch weiter üben und gewann Sicherheit. Und jetzt? Ich kann nichts Entscheidendes für sie tun.

Kann nichts für sie regeln, sie retten und ihr zur Seite stehen. Nur warten. Dieses Warten macht mich verrückt. Ich versuche zu funktionieren. Für meine Familie. Für Helena. In den ersten zweiundsiebzig Stunden nach ihrem Verschwinden haben wir viele Interviews gegeben und Aufrufe gestartet, um nach ihr zu suchen. In Radio, Fernsehen und Zeitungen. Überall wird davon berichtet. Wir haben Flyer mit Fotos von ihr gedruckt und sie meinem Bruder geschickt, der sie in der Umgebung verteilte. Wie oft habe ich über solche Fälle gelesen oder gehört! Nie dachte ich, dass eines Tages uns etwas derart Schreckliches widerfährt. Nachts schlafe ich kaum, bringe seit Tagen nur wenige Bissen runter. Beinahe stündlich telefoniere ich mit der Kriminalpolizei. Was ist mit meinem Kind? WAS? Diese Frage kann mir keiner beantworten!«

Rastlos lief er vor dem Grab auf und ab. Sein Gesicht war eingefallen, die Augen wirkten wie eine leere Hülle. Er schien um zehn Jahre gealtert. Er war nur noch ein Schatten seiner selbst. Es tat mir in der Seele weh, was ich sehen und hören musste.

»Mama, ich bin gekommen, um mich von dir zu verabschieden. Wir haben endlich die Erlaubnis und dürfen nach Italien fahren. Barbara, die Kinder und ich brechen morgen früh auf. Vater bleibt hier. Die Ansprechpartner vor Ort hielten es anfangs für wichtig, dass wir zu Hause bleiben. Sie wollten, dass wir da sind, falls Helena auftaucht oder mögliche Entführer sich melden. Das Gebiet um Villa Anna wurde von ausgebildeten Leuten, mit Hunden und mittels Hubschraubern großflächig abgesucht. Im Raum stand anfangs die Vermutung, dass sich Helena beim Erkunden der Umgebung verlaufen hat und keine Möglichkeit findet, Kontakt aufzunehmen. Diese Theorie ist längst verworfen. Mittlerweile ist fast eine ganze Woche ohne ein Lebenszeichen von ihr vergangen. Es gibt keine Hoffnung mehr. Nicht in dieser gefährlichen Region. Wahrscheinlich hat man uns nun erlaubt zu fahren, damit wir Helena schnellstmöglich identifizieren können,

wenn ihre Leiche gefunden und geborgen wird. Ich werde das nicht hinnehmen. Meine Tochter ist nicht tot! Ich würde doch spüren, wenn das Herz meiner Tochter aufgehört hätte zu schlagen, oder? Und ...«

Als Nächstes sah ich das Schlafzimmer meiner Eltern vor mir. Auf dem Ehebett lag ein offener Koffer. Meine Mutter stand vor dem Schrank. Mit der einen Hand entnahm sie ihm Kleidungsstücke und schichtete sie in den Koffer und in der anderen Hand hielt sie das Telefon.
 »Wir hätten sie niemals gehen lassen dürfen!«, schrie sie in den Hörer. Ihre Augen waren stark gerötet und geschwollen. Tränen quollen unaufhörlich hervor und liefen ihr in Strömen über die Wangen. Sie setzte sich aufs Bett.
 »Barbara, ich weiß, es ist schwer, aber ...«, begann am anderen Ende der Leitung Sophia einen Satz, sie wurde aber von meiner Mutter harsch unterbrochen.
 »Du weißt gar nichts! Du weißt nicht, wie es ist, das Telefon anzustarren und Angst zu haben, dass es klingelt und die Polizei dran ist, um uns zu sagen, dass Helenas Leiche gefunden wurde. Es treibt uns in den Wahnsinn, dass wir nicht wissen, wo sie ist und wie es ihr geht. Georg dreht schon vollkommen durch. Gestern Nachmittag faselte er etwas von einem übernatürlichen Gen in der Familie und einem möglichen Zusammenhang zu Helenas Verschwinden. Diesen Humbug habe ich ihm gleich wieder ausgetrieben. Wenn das der Falsche hört, weisen sie ihn direkt in die geschlossene Psychiatrie ein! Hier bricht alles zusammen und im Grunde genommen ist es allein deine Schuld! Bereits als Leopold dich uns vorgestellt hat, ahnte ich, dass du nur Unheil über unsere Familie bringen würdest. Dir war das einfache Leben in unserem Dorf nie gut genug und deshalb hast du Leopold zur Auswanderung verleitet. Du wolltest dieses Hotel um jeden Preis. Leopold konntest du um den Finger wickeln und als würde

das nicht reichen, hast du auch noch unsere Tochter dazu angestiftet, dieses Praktikum bei euch zu machen! Du kennst die Gefahren in dieser Gegend, hast sie aber ignoriert und Helena trotzdem alleine gelassen. Wenn Helena irgendwelche Qualen erleiden muss, schwöre ich dir bei Gott, bekommst du es hundertfach zurück! Du ...«

Im nächsten Augenblick konnte ich einen Blick in mein »altes« Zimmer werfen. Meine Mutter befand sich eine Etage tiefer und trotzdem hörte ich sie noch ins Telefon brüllen. Ich spürte, dass sie tief im Inneren glaubte, dass ich tot war. Sie machte sich bereits darauf gefasst, bald ihr eigenes Kind zu beerdigen. Bedrückt schloss ich die Augen. Was hatte ich nur angerichtet? Meine Eltern hatten sich damals vehement gegen das Praktikum in Villa Anna gesträubt. Ich hätte nicht so egoistisch sein dürfen und auf Biegen und Brechen meinen Willen durchsetzen sollen. Auf einmal riss mich die Stimme meines jüngeren Bruders Felix aus meinen Gedanken. Ich sah genau hin. Er lag eingekuschelt mit Kathi, meiner Schwester, unter meiner Bettdecke.

»Im Kindergarten hat ein Mädchen erzählt, dass ihre Mama denkt, dass Helena schon bei den Engeln und bei Oma im Himmel ist und dass wir sie nie wiedersehen werden. Das stimmt doch nicht, oder?«, fragte er mit zittriger Stimme. Jegliche Freude war aus ihren kindlichen Gesichtern gewichen. Kathi strich ihm über den Kopf. Es schnürte mir die Kehle zu.

»In der Schule vermuten auch alle, dass Helena tot ist, aber das glaube ich nicht! Sie ist unsere große Schwester. Weißt du noch, als Mama und Papa öfter abends auf Dorffesten waren? Wir waren in unserem riesigen Haus alleine und sie hat auf uns aufgepasst. Sie hat sich im Dunkeln nie gefürchtet und uns die Angst vor den bösen Geistern im Keller und den Monstern unterm Bett genommen. Helena hat uns stets beschützt. Einmal

hat sie einen Gockel verscheucht, der dich über den Hof gejagt hat. Mir hat sie geholfen, als ich von Jungs aus meiner Klasse gehänselt wurde. Sie ist stark und mutig. Wo sie ist und was sie gerade erlebt, kann keiner sagen, aber ich bin mir sicher, dass sie sich, wenn es notwendig ist, wehren kann und es schafft, zu uns zurückzukommen. Sie ...«

Wenige Augenblicke später eröffnete sich mir der Blick in das Schlafzimmer von Leopold und Sophia in ihrem Hotel in Italien. Im Mondschein erkannte ich, dass mein Onkel mit offenen Augen apathisch und abwesend im Ehebett lag. Sophia stellte seufzend das Telefon auf dem Nachtschränkchen ab und legte sich neben ihn.
»Ich kann nicht mehr. Es ist, als würde ich mitten in einem Sturm auf einem See schwimmen und abdriften. Ich rudere mit den Händen und Füßen, um nicht unterzugehen und an Land zu gelangen. Halt zu finden. Doch ich komme einfach nicht von der Stelle. Der Hass von Barbara mir gegenüber sitzt noch tiefer, als ich dachte, und ...«
»Bitte, Sophia. Bei uns allen liegen die Nerven blank. Ich möchte mir jetzt nicht auch noch Gedanken um diesen elendigen alten Konflikt machen. Angesichts von Helenas Verschwinden ist das doch jetzt wirklich irrelevant. Lass uns schlafen. Wir müssen morgen früh raus«, entgegnete er und drehte ihr den Rücken zu. Ich bemerkte ihren verletzten Blick. Ihre Beziehung wurde meinetwegen extrem auf die Probe gestellt ...

»Du bist wieder zurück in der Gegenwart«, teilte mir Silas behutsam mit und ich öffnete meine Augen.

20. Kapitel

»Ich möchte jetzt alleine sein«, sagte ich leise. Schweigend flogen wir zurück zur Burg. Silas brachte mich in mein Zimmer. Ohne ein Wort schloss ich die Tür von innen und kroch unter die Bettdecke. Die Tränen, die ich bisher mit aller Gewalt unterdrückt hatte, flossen nun unaufhaltsam über mein Gesicht.

»Helena, das tut mir so leid«, meinte Cleopha nach einer Weile und schlüpfte unter meinem Shirt hervor. Sie strich mit ihrem Flaum über meinen Kopf.

»Es muss furchtbar für dich sein. Ich werde alles in meiner Macht Stehende tun, damit du zurückkehren kannst und wieder mit deiner Familie vereint bist«, fügte sie hinzu und ich warf ihr einen dankbaren Blick zu. Ich setzte mich auf, wischte mir mit den Handflächen die Wangen trocken und versuchte mich zu beruhigen.

»Ich bin wirklich froh, dass du hier bist. Es ist wichtig, dass ich nicht im Kummer versinke, sondern einen klaren Kopf bewahre. Je schneller ich meine neu gewonnenen Fähigkeiten nutzen kann und die Pläne von Silas kenne, umso besser. Morgen will er mir Flugstunden geben. Ich weiß nicht, ob es eine Masche ist, aber er war heute für seine Verhältnisse richtig *nett*, oder was meinst du? Besonders, dass er mich wissen ließ, wie es meiner Familie geht, bedeutet mir unglaublich viel.«

»Mir ist das auch aufgefallen und ich glaube, es war ehrlich gemeint, aber wir sollten trotzdem auf der Hut sein. Seine Laune kann sich wieder ändern oder er bezweckt tatsächlich etwas mit seiner verständnisvollen Art«, gab Cleopha zu bedenken und ich stimmte ihr zu.

Am nächsten Morgen brachte mich Silas zu einem großflächigen Plateau auf einem hohen Berg, auf dem sich eine Wiese erstreckte. Der Himmel war wolkenverhangen und es wehte eine kühle Brise.

»Geht es dir wieder besser?«, erkundigte er sich. Nachdenklich schüttelte ich den Kopf und ließ den Blick in die Ferne schweifen. Nein, es ging mir nicht besser. Während der Nacht hatten mich die traurigen Bilder aus der Kugel der Vergangenheit nicht zur Ruhe kommen lassen. Am meisten belastete mich die Situation meiner Geschwister. Am wenigsten begriff wahrscheinlich Felix von dem, was um ihn herum geschah.

»Es ist bestimmt nicht leicht für dich. Ich habe alles mitangesehen«, bekannte Silas ernst. Ich zog verdutzt die Brauen zusammen. Es fühlte sich seltsam an, dass Silas, mein Entführer, diese intimen Momente mit meiner Familie mit mir geteilt hatte. Beschwichtigend hob er die Hände.

»Bitte werde nicht wieder wütend! Ich habe das keineswegs aus Neugier getan. Es war quasi ein Nebeneffekt des Zaubers.«

»Schon gut. Lass uns das Thema wechseln«, erwiderte ich und versuchte neutral zu klingen. Er nickte verständnisvoll.

»Beginnen wir mit der Mission, deine Kräfte zu wecken und die wahre Hexe in dir zum Vorschein zu bringen. Sobald du das erste Mal etwas hext oder zauberst, nenn es, wie du willst, kannst du über alle Gaben verfügen, die in dir stecken. Die primum maleficis sind deshalb so mächtig, weil sie nicht ihr Leben lang lernen und abwarten müssen, bis sich nach und nach ihre Fähigkeiten entfalten. Wir können sofort darauf zugreifen. Gut, ich gebe zu, ganz ohne Übung geht es nicht, aber du wirst schnell den Dreh raushaben«, meinte er lächelnd.

»Wenn ich *alles* kann. Was hast du dann mit mir vor?«, wollte ich wissen. Er schwieg, doch ich ließ nicht locker. »Wenn ich die Puzzleteile richtig zusammengesetzt habe, bin ich stärker als du. Was macht dich so sicher, dass ich ergeben deine möglichen Befehle ausführen werde?«

Vergnügt grinste er und entgegnete mir, dass ich das schon noch erfahren würde und er überzeugt war, dass ich gemeinsam mit ihm seine Ziele verfolgen würde. Ich würde es schon noch herausfinden, was er vorhatte. Für diesen Augenblick war jede Diskussion zwecklos.

»Konzentrieren wir uns jetzt auf das Wesentliche. Wenn ich es mir recht überlege, ist das Fliegen, für den Anfang jedenfalls, eine Hausnummer zu groß für dich. Fangen wir mit etwas Einfacherem an. Die Wiese ist so kahl. Was meinst du, ein paar Blumen könnten sie sicher verschönern, oder?«

Ohne eine Antwort abzuwarten, wies er mich an, auf dem Boden niederzuknien.

»Es reicht die Kraft deiner Gedanken. Fixiere die Erde mit deinem Blick und halte deine Hände über den Boden. Male dir vor deinem geistigen Auge aus, wie beispielsweise eine rote Rose aus dem Wiesengrund sprießt. Wenn es dir leichter fällt, kannst du dabei deine Lider geschlossen halten. Sobald du das fertige Werk verinnerlicht hast, solltest du deine Augen wieder öffnen. Meistens ist ein Spruch notwendig, aber um den geeigneten zu finden, brauchst du keine Bücher zu wälzen, in dem Moment wirst du die richtigen Worte wissen. Los, versuche es.«

Ich atmete tief durch und streckte meine Handflächen über der Erde aus. Mit geschlossenen Augen formte ich in meinem Kopf das gewünschte Bild. Es wurde ruhig um mich herum. Sämtliche Geräusche verstummten. Ich hob meine Lider. Ein sanfter Wind wehte mir durchs Haar und der Satz: »*Crescente adepto a rubrum surrexit de terra*«, sprudelte aus mir heraus. Ich schob meine Hände ein paar Zentimeter auseinander und aus der Wiese quoll zunächst ein Häufchen brauner Erde. Ein zartes Pflänzchen bahnte sich alsbald den Weg an die Oberfläche und wuchs zwischen meinen Händen empor. Als es eine gewisse Höhe erreicht hatte, traten Stängel, Stacheln sowie Blätter hervor und eine prächtige rote Blüte entfaltete sich.

»Wow!«, entfuhr es mir. Verblüfft sah ich zu Silas, der zufrieden wirkte. Er nahm meine Hand und der Ring glühte. Plötzlich wurden sämtliche Adern und Venen auf meiner Haut sichtbar. Rasch wurden sie von einer cremefarbenen magischen Flüssigkeit durchströmt. Eine wohltuende Wärme floss mit ihr durch meinen Körper. Als sie in den Füßen angekommen war, leuchtete der Ring hell auf und schließlich erlosch alles. Ich lächelte. Zum einen hatte ich es geschafft und aus eigener Kraft eine Rose heraufbeschworen, und zum anderen war ich fortan eine waschechte Hexe. Was bedeutete, dass ich ab diesem Zeitpunkt theoretisch lebend die Grenze zur Menschenwelt überqueren und fliehen konnte. Ich versuchte meine aufflammende Hoffnung zu verbergen und hexte stattdessen ein ganzes Blumenmeer zwischen die kargen Gräser. Unzählige bunte Blumen schossen aus dem Erdreich hervor. Aus jeder ausgewachsenen Pflanze trat für wenige Sekunden funkelnder Dampf aus. Beeindruckt wandte sich Silas an mich.

»Sehr gut, und jetzt beeinflusst du das Wetter. Entweder änderst du es in strahlenden Sonnenschein oder lässt es aus weißgrauen Winterwolken schneien. Oder beides.«

Ich sah in den Himmel und stellte mir Ersteres vor. Es lief in einer ähnlichen Prozedur ab wie bei der Rose und den Blumen. Wir mussten nicht lange warten und die trüben Wolken wichen einem blauen Himmel und die Sonne zeigte ihr Antlitz. Stolz betrachtete ich mein Werk und stellte mir sogleich vor, wie es schneite. Als ich dieses Mal meine Augen öffnete, verdunkelte sich der Himmel und dicke Flocken fielen aus einer dichten grauen Wolkendecke auf uns herab. Ich streckte meine Arme aus und fing einige auf. Der Boden um uns herum war rasch mit einer dünnen Schneeschicht bedeckt. Auf einmal entdeckte ich neben meinen Füßen einige weinrote Tropfen, die einen scharfen Kontrast zu den reinen weißen Schneekristallen bildeten. Erschrocken wirbelte ich hoch und spähte in den Himmel, um herauszufinden, woher die blutroten Spritzer kamen. Ein Drache flog über uns und versuchte zu uns vorzudringen. Er stieß jedoch immer wieder hart gegen etwas Unsichtbares und zog sich kleine Verletzungen zu. Es wurde mir augenblicklich schwer ums Herz.

»Lorenzo«, flüsterte ich und starrte gebannt in die Luft. Silas hingegen amüsierte sich köstlich, als Lorenzo schließlich Feuer spie und es, ebenfalls an etwas Unsichtbarem abprallend, über uns erlosch.

»Alter Freund, so sieht man sich wieder«, spottete Silas.

»Leider nur aus der Ferne, wie du schon bemerkt hast. Vorausschauend habe ich eine Schutzwand über Helena und mir errichtet, aber du kannst dir ruhig weiter deine hübschen Flügel daran einrennen.«

Plötzlich tauchten hinter Lorenzo vier weitere Drachen auf und ich erkannte Mila, die auf einem von ihnen saß. Ich wollte etwas sagen, doch Silas zog mich zu sich heran.

»Ich warne dich. Wenn du jetzt nicht deinen Mund hältst und irgendetwas Unüberlegtes machst, wirst du es bitter bereuen!«

Obwohl es in mir brodelte, versuchte ich eine eingeschüchterte Miene aufzusetzen. Ich wich einen Schritt vor ihm zurück und er ließ mich los.

Das war eine gute Entscheidung, Helena. Du hast noch nicht genug Erfahrung, um ihn derzeit zu besiegen. Halte dich weiter zurück, es kann nur von Vorteil sein, wenn er dich künftig unterschätzt, riet mir Cleopha.

Sehe ich auch so. Warum sind Lorenzo und Mila hier?, fragte ich sie in Gedanken.

Um den Schein zu wahren. Bereits als du drei Tage ohne Bewusstsein warst, haben sie öfter versucht in die Burg einzudringen. Sie haben es so aussehen lassen, als wollten sie dich retten. Wenn Lorenzo und Mila keine Befreiungsversuche unternehmen würden, wäre Silas bestimmt misstrauisch, erklärte sie.

»So, kommen wir zu dir, Lorenzo«, höhnte Silas. »Was willst du hier? Du verschwendest deine Zeit. Hast du es immer noch nicht eingesehen, dass du keine Chance gegen mich hast?«

»Ich dachte, du kennst mich. Hast du mich je aufgeben sehen? Für heute genügt es, dass ich Helena gesehen habe, aber du kannst dich darauf verlassen, dass ich wiederkomme«, erwiderte Lorenzo grimmig.

»Jetzt bekomme ich es aber mit der Angst zu tun«, entgegnete Silas gespielt verzweifelt und Mila platzte der Kragen.

»Schämst du dich nicht, Silas? Es ist eine Schande, dass du in unserem Haus als Freund ein und aus gegangen bist. Ein widerlicher Verrat ist kaum vorstellbar. Lass Helena endlich frei!«

Er schoss einen funkelnden Blick zu ihr empor.

»Was erwartest du, Prinzessin? Dass ich sie gehen lasse, weil du es so angeordnet hast? Dein Wort zählt für mich nicht. Das hat es noch nie, wenn du es genau wissen willst! Und jetzt verschwindet!«

Silas drehte sich zu mir um, packte mich am Arm und zerrte mich mit sich. Nach wenigen Schritten verhielt er und wandte sich noch einmal an Lorenzo.

»Du kannst es dir sparen, ein weiteres Mal hier oder auf der Burg aufzukreuzen. Ich werde ohnehin bald auf dich zukommen, damit du deine Pflicht als Prinz des übernatürlichen Königreichs erfüllst. Wenn die Zeit gekommen ist, wirst du das Eheversprechen zwischen Helena und mir besiegeln.«

Entgeistert starrte ich Silas an. Er glaubte doch nicht ernsthaft, dass ich ihn heiraten würde!

»Eher friert die Hölle zu!«, antwortete Lorenzo und seine Stimme klang eiskalt.

»Du wirst nicht darum herumkommen, mein Lieber. Erst wenn ich mit Helena durch die Ehe ewig verbunden bin, ist sie für mich von Nutzen. Andernfalls, wenn du dich weigerst, brauche ich sie nicht und werde sie ins unendliche Grab verbannen. Du weißt, dass es dann keine Rückkehr mehr für sie gibt. Bis ans Ende aller Zeiten wird sie dort eingesperrt sein und du wirst sie in diesem Fall heute das letzte Mal zu Gesicht bekommen haben. Also, du hast die Wahl.«

Das Letzte, was ich sah, waren Lorenzos entgleiste Gesichtszüge. Danach schnipste Silas mit dem Finger und wir landeten auf dem Bett in meinem Zimmer.

»Spinnst du?«, herrschte ich ihn aufgebracht an und sprang aus dem Bett.

»Ich wollte nicht auf dem Bett ...«

»Das meine ich nicht!«, unterbrach ich ihn. Einen Wimpernschlag später stand er mir herrisch gegenüber.

»Wenn du das Heiraten meinst, wirst du es auch in diesem Punkt nicht wagen, mir zu widersprechen!«, drohte er.

»Sonst noch was?«, höhnte ich und er trumpfte auf, dass er noch ein Ass im Ärmel hätte. Er kramte in seiner Jackentasche und zog ein Handy hervor. Silas drückte eine Taste und eine Art Hologramm erschien. Elisa, die Reiseführerin von Villa Anna, war in voller Montur zu sehen. Dann kam Bewegung in das Bild. Elisa verließ die Hotellobby und begrüßte herzlich und mitfühlend die neuen Gäste. Fassungslos erkannte ich, dass es sich um meine Eltern handelte! Hinter ihnen lugten ängstlich meine Geschwister hervor.

»Du hast von den Vampiren gehört, die damals ihre Freunde retten wollten und durch die Grenze gegangen sind? Elisa war eine von ihnen. Sie ist eine alte Freundin von mir und wenn es darauf ankommt, auch meine Komplizin. Ihrem damaligen Partner wurden im Labor grausame Dinge angetan. Du kannst dir vorstellen, dass sie nicht einmal mit der Wimper zucken würde, wenn ich sie darum bitte, deine Familie zu ermorden.«

Ich war sprachlos. Der Plan, meine Fluchtabsichten, meine Hoffnung, alles fiel wie ein Kartenhaus in sich zusammen.

»Pardon, natürlich hast du ebenso wie Lorenzo die freie Wahl bei deiner Entscheidung«, fügte er hämisch hinzu und ich blieb stumm.

»Keine Antwort ist auch eine. Ich deute es als ein feierliches Ja, aber du kannst mir gerne nochmal eine Rückmeldung geben, wenn du deine Sprache wiedergefunden hast«, kommentierte er mein Schweigen und verschwand.

»Cleopha, ich werde nicht zulassen, dass meiner Familie etwas zustößt. Elisa ist eine tickende Zeitbombe, wenn ich Silas verärgere. Ich muss bei ihm bleiben, wenn ich sie schützen will, auch wenn es bedeutet, dass ich bis ans Ende meiner Tage seine Marionette sein werde.«

Cleopha schwebte vor mich und ich fragte sie, was Silas gemeint hatte, als er von der ewigen Verbundenheit durch die Ehe sprach.

»Wenn ihr heiratet, bedeutet das, dass ihr nicht nur ein

Paar seid, sondern dass auch eure Seelen und Herzen vereint werden. Für gewöhnliche Übernatürliche bedeutet es auch einen gemeinsamen Tod. Das ist das elementarste Merkmal der Verbundenheit, das ich kenne, dabei spielt es auch keine Rolle, wie dieser Bund zustande kommt. Eine Ausnahme bildet das Königspaar. Wenn einer der Ehepartner sich selbst richtet, durch eine Krankheit oder andere äußere Gewalt stirbt, überlebt der andere. Eine Hochzeit zwischen zwei primum maleficis gab es schon seit mindestens zwei Jahrhunderten nicht mehr, deshalb weiß ich nicht besonders viel darüber. Ich erinnere mich nur an eines: Eure jeweiligen Kräfte werden zwar nicht auf den jeweils anderen übergehen, aber ihr könnt, ohne das Einverständnis des anderen einzuholen, darauf zugreifen. Das hat jedoch seinen Preis. Im Fall eurer Heirat würde hauptsächlich Silas davon profitieren. Er ist bereits stark, aber mit der zusätzlichen Kraft deiner Gene quasi unbesiegbar. Die Macht, das Eheversprechen zu besiegeln und dessen Gültigkeit anzuerkennen, besitzt ausschließlich der König oder Prinz der übernatürlichen Welt«, erklärte sie und ich schluckte schwer.

»Also ich fasse die Katastrophe zusammen. Lorenzo kann Silas im schlimmsten Falle nicht umbringen, weil sonst auch ich sterben werde. Silas kann sich an meinen Kräften bedienen und wir wissen nicht, was dadurch mit mir passieren wird. Ich kann mir gut vorstellen, was seine erste Handlung sein wird. Sich den Thron erkämpfen und ich bin gezwungen ihm dabei zu helfen! Und als kleines Sahnehäubchen auf der Torte muss Lorenzo das selbst absegnen.«

»Silas hat sein Vorhaben gut durchdacht«, entgegnete Cleopha bekümmert.

»Es wäre auch zu einfach gewesen«, sagte ich mutlos und meine Gedanken kreisten wild durcheinander.

»Wir müssen etwas unternehmen. Die Sicherheit meiner Familie muss garantiert sein, aber Lorenzos und Milas ebenso. Sie werden bald durch Silas' Hand sterben, wenn wir keine Lösung finden, und ich könnte es mir nie verzeihen, wenn ich einen Teil dazu beitragen würde.«

»Ich habe eine Idee. Kann ich dich kurz alleine lassen?«, fragte Cleopha.

In jener Nacht erschienen mir Lorenzo und Mila in einer Traumvision. Solange der Zauber von den Feen aufrechterhalten werden konnte, schmiedeten wir gemeinsam mit Cleopha, die das Treffen arrangiert hatte, einen neuen Plan. Wir weihten nur Auserwählte ein, um ihn nicht zu gefährden.

21. Kapitel

Am nächsten Morgen bat ich Nela und Alva, ein Treffen mit Silas zu organisieren. Er ließ mich nicht lange warten und empfing mich auf der Dachterrasse.
»Möchtest du mir nun doch antworten?«, fragte er, als ich Platz nahm.
»Ja, ich werde dich heiraten, wenn du mir garantierst, dass Elisa meinen Angehörigen, solange sie leben, nichts antun wird«, forderte ich und er stimmte zu.
»Verrätst du mir auch, wann es so weit sein wird?«, hakte ich nach. Nachdenklich hob er den Kopf.
»Am liebsten wäre es mir sofort, aber es wäre besser, wenn du deine Kräfte noch schulst, um sie nicht wie ein blutiger Anfänger einzusetzen. Das erfordert Zeit und Übung, deshalb warten wir noch eine Weile.«
»Blutiger Anfänger? Die Rose, das Blumenfeld, die Sonne und den Schnee hättest du bestimmt auch fürs erste Mal nicht besser hinbekommen!«, entgegnete ich empört. Er stand auf und berührte mich am Arm. Einen Wimpernschlag später standen wir wieder auf der Wiese auf dem Berg.
»Ich zeige dir, was ich meine«, sagte er schmunzelnd. Ehe ich mich versah, hielt ich seinen Besen in der Hand und er machte eine einladende Geste in die Luft.
»Bitteschön. Der Himmel gehört dir.«
Ich setzte mich auf den Stiel und schloss die Augen. Als ich mir ausgemalt hatte, wie ich losflog, öffnete ich sie wieder. Die Worte *off me avolare scoparum manubrio* kamen über meine Lippen und tatsächlich hob ich vom Boden ab.
»Siehst du«, sagte ich, als ich nach einer gefühlten Ewigkeit ungefähr auf der Höhe seiner Hüften ankam.

»Wo ist das Problem?«

Ich grinste über das ganze Gesicht und stieg weiter in Zeitlupe in die Höhe. Sicher, ich war nicht die Schnellste, aber immerhin, ich flog. Als ich mit minimalster Geschwindigkeit an seinem Gesicht vorbeikam, kommentierte er es belustigt.

»Wirklich, ein halsbrecherisches Tempo, das du da vorlegst. Bestimmt könnte ich den Moment unmöglich mit einer einfachen Fotokamera einfangen. Warte, ich könnte einen Künstler beauftragen. Er könnte dich im Vorbeifliegen zeichnen. Das wäre bestimmt eine schöne Erinnerung. Was hältst du davon?«

»Haha!«

Im Eifer des Gefechts verlor ich die Konzentration. Unkontrolliert ruckelte der Besen. In einem Affenzahn preschte er plötzlich nach vorne, zur Seite, zurück, im Kreis, auf, ab und schließlich krachte ich schreiend auf den Boden. In Sekundenschnelle war Silas bei mir und half mir schallend lachend auf die Füße. Ich warf ihm einen bösen Blick zu, stimmte dann aber selbst mit ein.

»Hast du dich verletzt?«, fragte er anstandshalber, als wir uns wieder einigermaßen gefangen hatten.

»Es werden höchstens ein paar blaue Flecken an den Knien werden, aber sonst ist noch alles dran. Und bevor du jetzt mit einer Predigt beginnst: Ja, ich habe verstanden, dass nicht alles so einfach funktioniert und Übung erfordert«, antwortete ich.

»Hast du auch den Grund erkannt? Bei manchen Dingen, die längere Zeit beanspruchen und die man sich vorher nicht über den gesamten Zeitraum vorstellen kann, ist es notwendig, dass du dich durchgehend konzentrierst«, erklärte er.

»Verstehe ich das richtig? Einen Gegenstand stelle ich mir

vor, er manifestiert sich, wie zum Beispiel die Rose, und bleibt erstmal, wie er ist, und damit hat es sich erledigt. Anders als jetzt beim Fliegen. Die Route kann ich gedanklich schwer vollständig festlegen, da sich spontan etwas verändern kann. Zum Beispiel kann ich nicht vorhersehen, ob ich einem Vogel ausweichen muss oder irgendjemand einen komischen Spruch loslässt, der mich ablenkt, deshalb muss ich den Zauber, bis ich wieder sicher gelandet bin, lenken.«

»Richtig, und je öfter du es ausprobierst, desto tiefer wirst du es in deinem Unterbewusstsein verinnerlichen. Irgendwann wirst du dich für eine Hexerei kaum mehr anstrengen müssen«, fügte er grinsend hinzu. Wir setzten uns ins Gras und ich fragte mich, warum er wieder freundlicher war.

»Wir verbringen ab jetzt unser Leben zusammen. Ich finde, wir sollten Frieden schließen«, sagte er, als hätte er meine Gedanken gelesen, und um es zu untermauern, hielt er mir seine Hand entgegen. Ich tat so, als würde ich überlegen, und gab ihm schließlich zögerlich meine Hand.

»Frieden.«

Wir schwiegen und nach einer Weile nahm ich meinen Mut zusammen, um ihn ein bisschen auszuhorchen.

»Darf ich dich etwas fragen? An den Augenblick, als du die Nadel aus meiner Armbeuge gezogen hast, kann ich mich kaum noch erinnern, ich weiß aber noch, dass ich einmal wach wurde und dachte, dass ich blind wäre. Was ist da passiert?«

»Das hast du mitbekommen?«, meinte er überrascht und erklärte, dass es der Zeitpunkt war, als das Blut vollständig in meinen Kreislauf eingeführt war und in meinen Kopf gelangte. Die Augen öffneten sich und es wurde sichtbar, wie die Iris sich verfärbte. Für ihn war es das Zeichen, dass seine Methode funktionierte. Vorsichtig tastete ich mich weiter vor.

»Und kannst du mir endlich sagen, was es bedeutet, dass der Zirkel nun von der Anzahl der Mitglieder her ausgeglichen ist?«

»Es betrifft hauptsächlich die Reinrassigen unter euch. Bisher konnten die primum maleficis ihre ohnehin ausgeprägten Kräfte miteinander verknüpfen und so große Zauber vollziehen. Darunter die Grenze oder das unendliche Grab erschaffen. Doch das gehört der Vergangenheit an. Es braucht keine fehlende Person mehr ersetzt zu werden. Die Macht der Reinrassigen braucht nun nicht mehr vereint zu werden, ihr könnt sie jetzt vollständig einzeln herbeibeschwören und darüber verfügen«, antwortete er erstaunlich offen und ich wusste, dass er auf diese Macht gierte. Da er sie selbst nicht nutzen konnte, brauchte er mich. Keiner im übernatürlichen Königreich würde es mit ihm aufnehmen können. Keiner.

»Was ist mit den anderen acht? Die, die so sind wie du. Profitiert ihr gar nicht davon?«, hakte ich nach und er zuckte mit den Schultern.

»Bisher konnte ich keine außergewöhnliche Veränderung feststellen.«

»Okay«, sagte ich. Ich konnte nicht einschätzen, ob er ehrlich zu mir war, aber damit meine Wissbegier nicht zu auffällig wirkte, wechselte ich das Thema.

»Erzählst du mir ein wenig über dich?«

»Du meinst die Zeit, bevor du nach Villa Anna gekommen bist? Das ist unwichtig. Was zählt, ist, dass du hier bist. Ich habe bereits die Fährte gewittert, als du auf der Herfahrt mit deinem Onkel in die vampirische Region eingebogen bist. Erinnerst du dich?«

Die untergehende Sonne schien fast ins Meer einzutauchen. Ich bückte mich, wühlte in der Handtasche, bis ich das Handy fand, denn ich wollte ein Foto machen. Doch als ich aufsah, waren wir von einem dichten, dunklen Wald umgeben. Verblüfft ließ ich mich zurück in den Sitz fallen. Wie war das möglich? So abrupt und ohne jeglichen Übergang?

»*Wie sind wir auf einmal hierhergekommen?*«, *fragte ich verwirrt.*

»*Hast du den Abzweig nicht bemerkt?*«, *erwiderte Leopold ...*

Beunruhigt blickte ich zu ihm auf. Was hatte Silas damit zu tun?

»*Bist du bereit für die Wahrheit?*«, *wollte er wissen und stand auf. Ich ging ihm nach.*

»Nun sag schon! Was war da los?«

»Elisa hält sich häufig in der Nähe der Grenze auf, somit auch in Teilen des Waldes, die unser weiträumiges Gebiet umsäumen. Auch an diesem besagten Tag. Sie kundschaftet gerne neue Gäste und Besucher aus, weil sie noch nach anderen Vampiren sucht, die damals mit ihr das Gebiet der Übernatürlichen verlassen haben. Leopold kannte sie bereits bestens, aber dich nicht. Elisa ist in deinen Kopf eingedrungen, weshalb du einen kleinen Zeitsprung erlebt hast. Deine Gehirnstruktur kam ihr auffällig vor und sie informierte mich darüber. Tja, wie soll ich sagen. Wir wollten wissen, wer und was du bist. Unser Ziel war, dich in den Wald zu locken, dabei kam es mir natürlich gelegen, dass ich über den Öffnungszauber bestens informiert war. Ich ahnte nicht, dass noch Glück hinzukommen würde, als Mila sich weit an die Grenze vorwagte, ich musste nur noch dezent nachhelfen und sie dem Menschenmann in die Arme schubsen. Es führte eines zum anderen. Was ich damals noch nicht wusste, war, wie eng deine Geschichte mit der des übernatürlichen Königreichs verbunden ist. Und dass Evolets mittlerweile berühmte Worte *Solange dieser Planet existiert, wird unser Vermächtnis in die jeweils nächste Generation weitergetragen* auch zum Erfolg beigetragen haben. Ich werde endlich meinen Traum, den Sinn meiner Existenz, verwirklichen können und Herrscher dieses Landes werden. Im Namen aller Vampire werde ich uns, den rechtmäßigen und wahren Gewinnern der damaligen Prüfung, den Titel zurückholen!«

Die Bösartigkeit in seiner Stimme ließ mir das Blut in den Adern gefrieren. Entrüstet starrte ich ihn an.

»Was hast du getan? Einzig und alleine um herauszufinden, wer ich bin, hast du Mila, eine gute Freundin von dir, arglistig durch die Grenze gestoßen? Du hast auch mich in eine Falle gelockt und möchtest Lorenzo tot sehen. Es ist abartig, wie besessen du von deiner Zukunftsvision bist und was du dafür opferst!«

Verbittert stieß er hervor.

»Das ist mir egal. Stell dir im übertragenen Sinn einen steilen schneebedeckten Hang vor. Die Lawine ist bereits ausgelöst. Es wird viel darunter begraben und verschüttet werden, bis wir zwei das Leben in unserem Tal neu aufbauen werden.«

22. Kapitel

In den nächsten Wochen verbrachte ich nachts und tagsüber, wenn ich allein war, jede freie Minute damit, das Hexen zu üben. Es klappte mal besser und mal schlechter. Cleopha unterstützte mich, wo sie nur konnte. Auch die Übungsstunden mit Silas wurden fortgesetzt. Die Stimmung zwischen Silas und mir war wechselhaft wie das Wetter. Es zog bereits der Winter in das übernatürliche Königreich ein, als Silas mir eines Tages in den frühen Morgenstunden von Nela und Alva ausrichten ließ, dass abends die Eheschließung stattfinden würde. Es war also so weit. Der Tag war gekommen, an dem sich alles verändern sollte.

»Cleopha, flieg zu Lorenzo und Mila. Teile ihnen diese Neuigkeit mit, damit sie vorbereitet sind. Ich bin sicher, dass Silas sie erst kurz vorher davon in Kenntnis setzt, damit sie keine Gegenmaßnahmen ergreifen können«, sagte ich, als die Zwillingselfen den Raum verlassen hatten. Die Feder schwebte unter dem Bett hervor und nickte.

»Mache ich. Doch ich glaube nicht, dass Silas noch Gegenwind befürchtet. Er hat Lorenzo und dich jeweils in der Hand und sieht sich bereits auf dem Thron der übernatürlichen Welt. Es werden dunkle Zeiten anbrechen, wenn irgendetwas schiefgehen sollte.«

Cleophas letzte Worte brannten sich in mein Gedächtnis. Nachdenklich ließ ich den Kopf sinken.

»Ich weiß, und für den Auftakt unseres Plans bin ich verantwortlich. Wenn irgendetwas nicht funktioniert, werde ich Silas heiraten müssen. Um mich ist mir nicht bange, aber dass meiner unschuldigen Familie etwas passieren könnte, werde ich niemals riskieren.«

Cleopha ließ sich auf meiner Schulter nieder.

»Ich glaube an dich, Helena. Sieh nur, was aus dir geworden ist. Noch vor ein paar Monaten bist du in Villa Anna angekommen, standst vor dem Hotel und wusstest nicht, was auf dich demnächst zukommt. Hast ängstlich und gleichzeitig aufgeregt in deine Zukunft geblickt. Du kamst als ein wohlbehütetes Mädchen vom Land. Aus einem Dorf, in dem all das Böse dieser Welt noch keinen Platz hat. Jetzt bist du hier. Du hast selbstlos die Prinzessin gerettet. Du stellst das Leben anderer über dein eigenes. Du bist mit viel Mut über deine eigenen Grenzen gegangen. Du bist eine Hexe und erwachsen geworden. Für mich bist du eine wahre Heldin.«

Während mir ein paar Tränen über die Wangen rannen, lächelte ich meine wunderbare Feder an.

»Wie auch immer die Geschichte enden mag, allein dass ich dich, Mila und Lorenzo kennenlernen durfte, war die Reise wert.«

Während Cleopha die Botschaft überbrachte, ruhte ich mich noch einmal aus, um mich für den Abend zu stärken. Am späten Nachmittag wurde ich sanft von den Zwillingselfen geweckt.

»Bist du bereit?«, fragte Alva freundlich und ich atmete tief durch.

»Ja, das bin ich«, antwortete ich und stand auf.

»Warte«, sagte Nela und warf ihrer Schwester einen verlegenen Blick zu.

»Wir haben Silas schon um Erlaubnis gebeten, aber er wollte, dass du das selbst entscheidest. Und zwar wollten wir fragen, ob wir fortan dir, der Herrin des Hauses, dienen dürfen?«

»Mir? Natürlich. Es ehrt mich, dass ihr diese Aufgabe

übernehmen wollt«, sagte ich erstaunt und sie wirkten erleichtert.

»Oh, du machst uns damit eine unglaubliche Freude. Das bedeutet, dass wir im internen Rang aufsteigen. Bisher waren wir eher für die niedrigeren Tätigkeiten zuständig«, meinte Alva dankbar und ich verkniff mir einen Kommentar. Bestimmt hatte Silas die Schwestern aufs Äußerste ausgenutzt, weil er wusste, dass sie von ihm abhängig waren.

»So, jetzt müssen wir aber loslegen, damit wir nicht gleich bei unserer ersten offiziellen Aufgabe versagen. Silas würde uns den Kopf abreißen, wenn du nicht rechtzeitig fertig bist«, warf Nela ein und gab mir sogleich die ersten Anweisungen. Ich musste mich baden und sie gaben mir herrlich duftende Öle mit, die ich auf meinem Körper verteilte. Anschließend setzte ich mich im Bademantel und mit einem Handtuch um den Kopf vor eine Kommode, deren Aufsatz ein breiter Spiegel war. Die Elfenzwillinge föhnten mein Haar. Als es trocken war, begann Nela die vorderen Strähnen aufwändig nach hinten zu stecken. Das restliche lange Haar ließ sie offen und verwandelte es in eine Lockenpracht, die mir geschmeidig über die Schultern und einen Teil des Rückens fiel. Alva kümmerte sich derweil um das Make-up. Mit geübten Griffen schwang sie den Pinsel, betonte meine Augen und in sanfteren Tönen meine Lippen. Zufrieden betrachteten beide danach ihr Werk.

»Jetzt das Kleid«, kündigte Nela an und ich erhob mich. Kaum einen Wimpernschlag später umhüllte mich ein schwarzer schimmernder Nebelschleier. Als er verpuffte, umschloss ein fließendes, leichtes Gewand meinen Körper. Es war mit Spitze besetzt und hätte märchenhaft ausgesehen, wenn es aus weißem Stoff gewesen wäre.

»Schwarz?«, brachte ich hervor und verlor fast das Gleichgewicht, als ich plötzlich hochhackige schwarze Schuhe an den Füßen trug. Ein atemberaubend langer Schleier fiel wie aus dem Nichts von oben herab und setzte sich effektvoll in meinem Haar fest. Sekunden später regnete es schwarze Diamanten, die ihren Platz in dem Schleier und der Frisur fanden.

»Silas hat sich diese Farbe gewünscht«, bemerkte Alva. Was hatte ich auch sonst erwartet? Es passte schließlich zum Zustand seiner Seele, dachte ich mir.

»Ich finde trotzdem, dass du wunderschön aussiehst«, fügte Alva anerkennend hinzu.

»Dem kann ich nur zustimmen, etwa in einer Stunde beginnt die Zeremonie«, meinte Nela und gemeinsam erwarteten wir den Abend.

Die Dämmerung war bereits weit fortgeschritten, als wir das Signal erhielten, dass es losging. Die Elfenzwillinge führten mich durch die langen Gänge der Burg zu einem der Ausgänge. Vor einem riesigen Torbogen kamen wir zum Stehen. Es war erregtes Gemurmel von der anderen Seite zu vernehmen. Es hörte sich an, als hätten sich viele Menschen beziehungsweise Übernatürliche dort versammelt. Eine Salve wurde geschossen und danach trat Stille ein. Rasch drückte mir Alva noch einen Brautstrauß in die Hand. Er bestand aus roten Rosen, die mit schwarzen Perlen besetzt waren.

»Rot?«, formte ich gespielt überrascht lautlos mit den Lippen und die Elfenzwillinge schmunzelten. Unter Poltern begann sich das Tor, das oberhalb an eisernen Ketten befestigt war, nach vorne abzusenken, und eine melancholische Melodie, intoniert von verschiedenen Instrumenten, setzte ein.

»Schließe nun deine Augen. Wenn das Tor völlig geöffnet ist, gebe ich dir ein Zeichen und du kannst loslaufen«, erklärte Nela. Es dauerte nicht lange und ich hörte, wie das schwere Holztor auf dem Boden aufprallte.

»Jetzt«, sagte Nela und stupste mich sacht an. Ich hob meine Lider und erblickte durch die Toröffnung eine Schneelandschaft mit imposanter Kulisse. Silas' Burg war vollends von einem Fluss umgeben, das geöffnete Tor diente somit als Zugbrücke. Langsam und mit pochendem Herzen schritt ich darüber. Auf der anderen Seite war der Weg vor mir mit Blütenblättern bestreut. Lichterketten und Blumengirlanden waren beidseitig aufgespannt. Links und rechts reihten sich unzählige Stuhlreihen aneinander. Die Stühle waren jeweils mit schwarzen Tüchern umhüllt, die an den Rückseiten mit breiten Schleifen festgehalten wurde. In der Mitte der schwarzen Schleifen funkelten Steinchen in schwarzen und grauen Nuancen. Jede Stuhlreihe war besetzt mit Wesen, die mich neugierig musterten. Als ich an ihnen vorbeiging, erhoben sie sich. Der Platz wurde von weiß gepuderten Bäumen umgrenzt, in denen unzählige Lampions aufleuchteten. Am Ende der Strecke erhob sich ein weißes, breites Treppchen. Über der letzten Stufe spannte sich ein Torbogen, der ebenfalls mit einer Lichterkette und einer Blumengirlande geschmückt war. Auf dem dahinter befindlichen Podest selbst warteten Lorenzo und Silas auf mich. Dahinter erstrahlte der eisblaue See in seiner vollen Pracht. Wassertiere, die ich noch nie zuvor in meinem Leben gesehen hatte, tummelten sich an der Oberfläche. Vorsichtig setzte ich einen Fuß vor den anderen. Schließlich war ich bei der Treppe angelangt. Silas streckte mir seine Hand entgegen. Ich nahm sie und stieg die Stufen empor.

»Verbeuge dich jetzt«, flüsterte Alva. Ich drehte mich kurz um und bemerkte, dass mir eine ganze Elfenschar den Schleier hinterhertrug. Ich wandte mich wieder Silas zu und beugte mein Knie vor ihm. Die Elfen taten es mir gleich. Er küsste meine Hand und ich erhob mich. Zum ersten Mal wagte ich es und sah Lorenzo in die Augen. Er wirkte blass und niedergeschlagen. Es versetzte mir einen Stich und Silas bemerkte unseren Blickwechsel.

»Es ist nicht der richtige Zeitpunkt, um Trübsal zu versprühen, mein lieber Freund«, wies er ihn zurecht. »Die Gäste und vor allem meine Braut sollen diesen Tag, den Beginn einer neuen Ära, mit Freude in Erinnerung behalten.«

Die Musik verstummte und Lorenzo trat hinter ein dekoriertes Rednerpult.

»Liebes Volk, ich begrüße euch, auch im Namen des hier anwesenden Brautpaares. Wir haben uns heute, in dieser denkwürdigen Nacht, versammelt, um die Eheschließung von Helena von Bayersberg und Silas zu vollziehen. Ihr alle seid meine Zeugen, wenn ich den ewigen Bund anerkenne. Beginnen wir mit dem gegenseitigen Versprechen«, sagte Lorenzo bedrückt und erteilte Silas das Wort. Wir drehten uns zueinander. Seine Augen glühten förmlich und er umschloss meine zittrigen Hände.

»Helena, du bist die Frau, die würdig ist, ein Leben lang an meiner Seite zu sein. Ich werde bis ans Ende meiner Tage dankbar sein, dass das Schicksal dich zu mir geführt hat. Hiermit verspreche ich dir meine ewige Verbundenheit.«

Er beendete andächtig seine Sätze und sah mich fordernd und eindringlich an. Ihn trennten nur noch wenige Augenblicke von seinem großen Ziel. Ich räusperte mich und sah ihm tief in die Augen. Sein Blick wirkte beruhigend und zog mich in den Bann. Es war, als gäbe es in diesem Moment nur uns zwei.

»Silas, ich glaube, der weiße Löwe lag mit seiner Vermutung falsch«, begann ich behutsam. Silas lächelte triumphierend und ich löste meine Hände aus den seinen.

»Es reicht nicht, wenn es jemand auf dein Herz regnen lässt. In dir ist alles eingefroren. Du bist eiskalt und berechnend. Niemals wird es mir möglich sein, dich zu erwärmen und zu lieben. Ein Leben lang neben dir aufzuwachen, würde einem Albtraum gleichkommen, der nie endet. Ich werde dir also nichts versprechen, was ich nicht aus voller Überzeugung einhalten kann. Du hast mir die Wahl gelassen, entweder mein Leben mit dir zu verbringen oder das Leben meiner Familie auszulöschen. Ich wähle nichts von beiden, sondern entscheide mich für den Tod«, sagte ich mit ernster Miene. Es ging alles schnell und noch bevor er reagieren konnte, wich ich ein paar Schritte vor ihm zurück, zog ein kleines Fläschchen mit einer gelben Flüssigkeit aus dem Kleid hervor und trank den Inhalt.

»Ich habe mir dieses Gift gehext. Es führt in Sekundenschnelle zu einem multiplen Organversagen. Ich sterbe und mit mir der achte Abkömmling der reinrassigen primum maleficis, und somit scheitert dein grausamer Plan. Jetzt.«

»Nein!«, schrie Lorenzo. Aufschreie waren auch aus den Reihen der Gäste zu vernehmen und ich nahm wahr, wie Silas in einer Art Zeitlupe zuerst das Pult umwarf und dann auf mich zustürmte. Obwohl das blanke Entsetzen ihn beherrschte, war er Herr seiner Sinne.

»Das werden wir ja sehen«, murmelte er finster. Ich schwankte. Die Bilder vor meinen Augen verschwammen. Die Stimmen um mich herum verstummten. Alles, was ich hörte, war mein Herzschlag. Bum. Dodum. Bum. Und schließlich nichts mehr. Es war vorbei. Ich war tot.

Es hatte funktioniert! Als ich wieder zu mir kam, sprach ich in Gedanken den nächsten Zauber. Ich trennte mich von meinem leblosen Körper und wich als eine Art Klon aus ihm. Niemand konnte mich sehen. Es war seltsam, das sich nun bietende Spektakel quasi von außen zu betrachten. Mein Körper war auf einem Hügel aus roten Rosen gebettet. Lorenzo kniete neben mir und hielt zutiefst erschüttert meine Hand und Mila stand schluchzend daneben. Silas lief wütend auf und ab. Er feuerte einen Spruch nach dem anderen auf mich ab, aber seine Beschwörungen prallten an mir ab. Silas war so sehr mit seinem Tun beschäftigt, dass er nicht bemerkte, dass die restlichen Gäste zu Eissäulen erstarrt waren. Plötzlich hielt er inne. Er spürte, dass sich etwas veränderte.

»Was geschieht hier?«, brüllte er und wollte sich auf Lorenzo stürzen. Dieser verwandelte sich augenblicklich in einen Drachen.

»Du bekommst endlich, was du verdienst«, entgegnete er und schlug mit seinen gewaltigen Flügeln auf und ab, sodass Silas von der Bühne geschleudert wurde. In Blitzgeschwindigkeit richtete dieser sich wieder auf und erklomm erneut das Podest.

»Das wirst du bereuen!«, drohte er. In seiner Hand manifestierte sich ein Schwert. Mit voller Wucht, unterstützt durch einen Zauber, warf er es in die Richtung von Lorenzo. Dieser hatte keine Chance und kam nicht gegen die starke Magie an. Die scharfe Spitze verletzte ihn an der Schulter und verursachte eine klaffende Wunde. Lorenzo verzerrte schmerzerfüllt das Gesicht und holte zum Gegenangriff aus. Doch plötzlich stockte er. Denn unvermittelt bildeten sich zwischen ihm und Silas sieben Lichtkreise. Sie dehnten sich aus und formten sich zu sieben verhangenen Gestalten. Erschrocken wich Silas zurück.

»Die primum maleficis, falls du sie nicht wiedererkennst«, sagte Lorenzo und machte ihnen Platz. Die vorderste Gestalt nahm ihre Kopfbedeckung ab. Zum Vorschein kam die Gestalt einer wunderschönen Frau mit langen blonden Haaren und himmelblauen, schimmernden Augen. In Menschenjahren hätte ich sie auf vierzig geschätzt. Es handelte sich um meine einzigartige und unvergleichbare Vorfahrin Evolet. Mit hallender und eindrucksvoller Stimme richtete sie das Wort an Silas.

»Mein lieber Silas, ich möchte dein Gedächtnis auffrischen. Dir ist bekannt, dass die Vampire damals die Prüfung verloren haben. Wir haben deutlich zu verstehen gegeben, dass derjenige, der den neuen König nicht würdigt und Unfrieden stiftet, verbannt wird. Es scheint, als hättest du das vergessen. Möchtest du zu deiner Verteidigung etwas sagen?«

Wütend schnaubte Silas.

»Ein König? Welcher König? Ich sehe keinen. Der wahre König wäre ich!«

»Wann bist du nur so gehässig geworden? Und was höre ich da über das Treiben von Elisa?«, fragte Evolet ruhig.

»Du glaubst doch nicht ernsthaft, dass ich dir irgendeine von deinen Fragen beantworte!«, knurrte Silas.

»Ich rate dir, ab jetzt sehr gut zu überlegen, was du sagst«, sagte Evolet eine Spur kälter und härter und fügte hinzu, um der Gerechtigkeit willen sollte sich Elisa selbst äußern können. Sie hob die Hand und in unserer Mitte erschien ein Hologramm. Es zeigte Elisa, die am Waldrand entlangging. Eine Gästegruppe mit Fackeln folgte ihr. Es waren fünfzehn Leute. Die einen saugten fasziniert die Fakten über den Wald auf, während die anderen sich sichtlich ängstigten. Ich betrachtete Elisa und es schockierte mich nach wie vor, dass sie ein Vampir war und im Hotel von Leopold und Sophia ein und aus ging. Sie warnte die Gäste vor den Gefahren des Waldes und stellte selbst außerhalb des Waldes die größte für sie dar. Evolet drang in Elisas Kopf ein und befahl ihr, ihre Arbeit zu unterbrechen.

»Evolet?«, stieß sie entgeistert hervor und wurde leichenblass. Die Gäste sahen sie verwundert an.

»Ist alles in Ordnung mit Ihnen?«, erkundigte sich ein älterer Mann und sie sammelte sich wieder.

»Ja, natürlich. Ich ... Ich war nur gerade in Gedanken. Wie angekündigt, können Sie jetzt in das Restaurant gehen und noch einen Mitternachtssnack zu sich nehmen. In etwa einer Stunde treffen sich die Mutigen unter Ihnen noch im hauseigenen Kino für eine Filmvorführung. Gehen Sie schon vor, ich werde gleich nachkommen.«

Als die Gäste im Hotel verschwunden waren, erschien ihr ebenfalls ein Hologramm, das ihr unser Szenario im Wald zeigte. Als sie meinen leblosen Körper entdeckte, begannen ihre Adern zu pulsieren. Sie ballte die Fäuste und funkelte Silas wütend an.

»Was bist du nur für ein Versager. Wir waren unserem Ziel nie näher und du lässt sie unmittelbar davor einfach sterben!«

Silas fletschte die Zähne und knurrte, dass sie den Mund halten sollte.

»Euer Ziel?«, hakte Evolet nach und Elisa lächelte schmallippig.

»Evolet, was glaubst du wohl, warum ich hier die freundliche und kompetente Reiseleiterin spiele? Um ein ganz neues Leben zu beginnen, die Menschen zu verstehen und mich mit ihnen anzufreunden? Um mit ihnen nette Kinoabende zu verbringen oder gemütlich auf der Couch zu sitzen und zu plaudern? Gewiss nicht! Ich werde nie vergessen, was sie meinem Freund und den anderen unserer Art angetan haben. Jeder einzelne lebende Mensch soll dafür büßen, eher werde ich nicht ruhen. Seit Jahren plane ich minutiös meine Rache und dafür brauche ich das Vertrauen dieser widerwärtigen Kreaturen. Mit Helenas Auftauchen und ihrer Geschichte hat dieser Plan jedoch eine ganz neue Dimension bekommen. Unser Ziel war, dass Silas am Ende nicht nur das übernatürliche Königreich regiert, sondern mit der Kraft, die er aus Helena zieht, die restliche Welt ebenfalls beherrscht. Helena wäre dadurch extrem geschwächt und für alle Zeiten außer Gefecht gesetzt worden. Ich wäre an ihrer Stelle an Silas' Seite getreten und wir hätten die Menschheit ein für alle Mal ausrotten können.«

Sie machte eine bedeutungsvolle Pause und fügte hinzu: »Ebenso wie alle anderen, die es nicht verdienen, in unserer neu erschaffenen Welt zu leben.«

Evolet schüttelte kaum merklich ihr Haupt und ehe wir uns versahen, entfernte Elisa sich mit rasender Geschwindigkeit. Ich konnte nicht erkennen, wo sie hingelaufen war. Es verging jedoch keine Minute, da schleifte Elisa die ersten blutüberströmten, zerfetzten Leichen herbei und warf sie vor ihre Füße. Ich riss die Augen auf und hielt mir die Hand vor den Mund. Unter ihnen war auch der Mann aus der Reisegruppe, der sich nach ihrem Befinden erkundigt hatte. Silas sah ihrem Treiben zu und kniff die Augenbrauen zusammen.

»Verschwende deine Zeit nicht mit so einem Blödsinn!«, zürnte er. »Helena hat sich nicht an unsere Abmachung gehalten. Ihr schaden wir damit vielleicht nicht mehr, dafür aber umso mehr unseren lieben Freunden. Georg, Helenas Vater, ist beispielsweise, wie wir alle wissen, ein Nachkomme von Evolet. Lauf und bring ihre Familie zur Strecke!«

Unschlüssig stand Elisa am Waldrand. Dieses Zögern nutzte Lorenzo. Evolet konnte in der Vergangenheit bereits das magische Band mit einem Zauber für eine Kontaktaufnahme durchbrechen. Nun war sie um das Zigfache stärker, nur wussten das Silas und Elisa nicht, da sie dachten, dass ich tot war.

»Das werde ich nicht zulassen! Bring mich in einer Vision zu ihr«, bat er sie. Sekunden später lag Lorenzo regungslos neben mir, was den Beginn der Vision ankündigte. Beinahe im selben Augenblick tauchte er am Waldrand bei Elisa auf, wie wir in dem Hologramm sahen. Verstört sah sie Lorenzo an.

»Wie ...?«

Im nächsten Moment bemühte sie sich gefasst zu wirken und informierte ihn, dass meine Familie schon vor Wochen abgereist war. Von unserer Seite her war jedes kleinste Detail des Plans bedacht worden, trotzdem atmete ich erleichtert auf, als ich noch einmal bestätigt bekam, dass sie nicht in der Nähe waren.

»Süß. Dieses Mädchen hat es also geschafft, dass du nach all den Jahren, in denen dir eine Frau so viel Böses angetan hat, die Türe deines Herzens vertrauensvoll wieder für ein weibliches Geschöpf geöffnet hast. Wirklich jammerschade, dass sie tot ist. Unter anderen Umständen hättest du sie heiraten können und das Volk hätte wider Erwarten doch noch deine Krönung zum König erlebt. Es ist wirklich herzergreifend, dass du dich sogar mit Leib und Leben für sie einsetzt, obwohl sie dort liegt und nie wieder atmen wird. Was hältst du von einem Wettlauf? Dieses bayerische Dorf soll ganz nett sein. Ein friedvoller Ort. Aber wie lange noch? Wer zuerst dort ist, okay?«

Während sie den letzten Satz aussprach, eilte sie davon und flüchtete in die dunkle Nacht. Lorenzo verwandelte sich in einen Drachen und nahm die Verfolgung auf. Schleppend und angespannt verging für uns Wartende die Zeit. Schließlich tauchten die beiden hoch am Himmel wieder auf. Lorenzo packte Elisa mit seinen furchteinflößenden Drachenkrallen an der Gurgel. Noch aus der Luft schmetterte er sie auf den Boden. Mit voller Wucht prallte sie auf und krümmte sich schmerzerfüllt zusammen. Während Lorenzo neben ihr landete, nahm er wieder seine normale Gestalt an. Er stellte sich ihr drohend in den Weg und ich sah, dass sowohl Elisa als auch er Spuren des Kampfes trugen.

»Ich übergebe dich hiermit an die primum maleficis. Der Zirkel hat euretwegen das unendliche Grab verlassen und ist nach wie vor unser höchstes Gericht«, verkündete er. Etwas leiser fügte er hinzu, dass sie es nicht wagen sollte, sich zu bewegen, sonst würde er sie umbringen, ehe ein Urteil gefällt war. Traurig starrte sie ins Nichts.

»Was kümmert mich das, Lorenzo? Ich habe nichts mehr zu verlieren. Evolet wird mich fragen, ob ich an Einsicht gewonnen habe. Nein, das habe ich nicht. Ich habe auch sonst nichts mehr. Meine große und einzige Liebe ist durch brutale äußere Gewalteinwirkung gestorben. Ob ich in die passive Sphäre gelange oder nicht, es spielt keine Rolle. Matteo wird ohnehin nicht dort sein.«

In Windeseile erhob sie sich und lief durch die Grenze. Gebannt starrte ich auf das Hologramm. Elisa prallte an einer unsichtbaren Wand ab. Sie zersplitterte in tausende Teile, als wäre sie aus Glas.

23. Kapitel

Nachdem der erste Schock überwunden war, holte Evolet Lorenzo zurück und das Hologramm erlosch. Silas wollte die Gunst der Stunde für seine Flucht nutzen. Die restlichen primum maleficis, die verhüllt und reglos wie in Stein gemeißelt dastanden, reagierten jedoch augenblicklich. Sie hexten ihm eine Art Fußfessel an seine Knöchel, an der schwere Gewichte hingen. Zudem wurden seine Hände, durch ein magisches Seil, an seinem Rücken gefesselt und festgehalten.

»Nun zu dir, Silas. Elisa war verzehrt von ihrer Trauer. Es rechtfertigt ihr Verhalten nicht, aber ihre Seele war verwirrt. Deine Beweggründe hingegen kann ich weder erkennen noch verstehen. Du hattest alles und in deinen Augen doch nichts. Ich gebe dir ein letztes Mal die Chance, dich zu verteidigen«, sagte Evolet großzügig. Silas sah sie herablassend an und spuckte ihr vor die Füße. Evolets Miene versteinerte.

»Mir geht es nicht anders als Elisa. Ich habe nichts mehr zu verlieren«, erwiderte er knapp und Evolet entschwand wortlos, um sich mit den anderen Mitgliedern des Zirkels zu beraten. Unterdessen nahm Lorenzo den Platz neben meinem Körper auf dem Rosenbett ein und umarmte seine Schwester. Sie war die ganze Zeit nicht von meiner Seite gewichen.

»Jetzt wird alles gut werden«, flüsterte er ihr zu.

Nach einer Weile wandte sich Evolet wieder an Silas, doch er kam ihr zuvor.

»Und, was habt ihr euch Schreckliches für mich ausgedacht?«, fragte er zynisch.

»Dir ist bekannt, dass wir die Todesstrafe möglichst vermeiden wollen. Die bekommst du auch nicht. Elisa hat sich selbst gerichtet, auch sie hätte nicht sterben müssen. Du wirst nun auf andere Art für deine begangenen Taten und deinen perfiden Plan büßen müssen«, antwortete sie und ging einen Schritt zur Seite.

»Weißer Löwe, tritt hervor«, befahl sie weithin vernehmlich. Einen Wimpernschlag später manifestierten sich der weiße Löwe und sein Gefolge und verneigten sich ehrfürchtig vor dem Zirkel. Evolet ging auf sie zu und erlaubte ihnen sich aufzurichten.

»Ihr wurdet gerufen, weil wir euch für die Vollstreckung einer Strafe brauchen. Silas ist seiner Kräfte nicht mehr würdig. Du, großer weißer Löwe, hast ihm damals das Symbol dafür überreicht. Heute sollst du es ihm mit all seinen Fähigkeiten wieder nehmen.«

Silas riss die Augen auf. Panisch versuchte er zu entkommen, obwohl er wusste, dass es zwecklos war.

»Das kannst du nicht tun, Evolet! Bitte, ich habe das nicht nur für mich getan, sondern für uns alle«, schrie er.

»Für eine Rechtfertigung oder für Reue ist es jetzt zu spät«, entgegnete Evolet kühl und der weiße Löwe schritt majestätisch auf Silas zu. Aufrichtig traurig setzte er sich vor ihn hin und blickte ihn düster aus seinen grünen Augen an.

»Es ist das erste Mal in der Geschichte der übernatürlichen Welt, dass einem Übernatürlichen seine Kräfte wieder entzogen werden. Schau an, was du angerichtet hast. Du hast deine Freunde hintergangen, andere Übernatürliche in ihrem Leid ausgenutzt, Elisa durch deine Zukunftsvision in den Wahn getrieben, dass es sie letztendlich das Leben gekostet hat. Um ein Haar hättest du gemeinsam mit ihr eine Welle von Massenmorden losgetreten. Unter den Opfern wären Lorenzo und Mila gewesen, mit denen du an einem Tisch gegessen hast. Ich hoffe, dass du dich in einem verborgenen Winkel deines Herzens schämst. Du weißt, ich hatte den Glauben an dich nie verloren, aber mit dem heutigen Tage begrabe ich ihn.«

»Und ich habe nie den Glauben daran verloren, dass eines Tages Gerechtigkeit herrschen wird! Du weißt, dass ich nach wie vor davon überzeugt bin, dass wir die rechtmäßigen Gewinner der Prüfung sind, und ich würde die Aufgabe eines Herrschers auch ernst nehmen, im Gegensatz zu Lorenzo. Talia hat einst das übernatürliche Königreich in Schutt und Asche gelegt. Sie hat Lorenzo, den Thronfolger, misshandelt. Ich war sicher, dass dieses langjährige Schicksal seine reine Seele zerstört hat und er fortan mit Wut und Rachegelüsten regieren würde. Und was tat er, dieser Narr? Er schloss Frieden mit sich selbst, wurde zu einem grundgütigen Bilderbuchprinzen und einem demokratischen Monarchen. In der Gemeinschaft aller Übernatürlichen brachte er wieder Licht und Wärme in das Reich der Finsternis. Ein fantastisches, mystisches Paradies wurde errichtet und jeder hat seinen Teil dazu beigetragen. Ich verfluche ihn dafür. Seine einfältigen Vorfahren haben es genauso gehalten, aber ich habe ihn für schlauer gehalten. Ich dachte, dass mit ihm endlich jemand an die Spitze kommt, der aufsteht und seine Macht benutzt und entsprechend einsetzt. Der jeden einzelnen Menschen, gleichgültig ob Kinder, Alte oder Kranke, für die Verbrechen der Vergangenheit büßen lässt, sie foltert und ...«, fauchte Silas und Evolet unterbrach ihn zornig.

»Genug jetzt! Unser Hass gegenüber denjenigen, die für die begangenen Verbrechen verantwortlich sind, ist nicht kleiner geworden. Aber alle, die unzählige wehrlose Übernatürliche auf dem Gewissen haben, sind längst tot. Keiner von uns ist gezwungen, die Menschen zu mögen. Doch die Menschen, die sich heute ein Leben aufbauen, sollten nicht für die Untaten ihrer Vorfahren zur Rechenschaft gezogen werden. Sie kennen diese nicht einmal. Und wenn ich dir zuhöre, Silas, ist es ein Segen, dass damals die Drachen gesiegt haben. Wärst du heute tatsächlich an Lorenzos Stelle, wäre das übernatürliche Königreich ein Reich der Finsternis. Du wärst ein ungerechter und brutaler Anführer. Bringen wir es jetzt zu Ende.«

Der weiße Löwe zögerte nicht und berührte Silas an der Stelle seines Herzens mit seiner Pranke. Silas schrie auf, als sich dort ein schwarzer magischer Fleck bildete. Er breitete sich aus und zeichnete seine Adern nach. Schließlich leuchtete seine ganze Gestalt einmal auf und erlosch sofort wieder. Ein Armband fiel von seiner Hand. Das Band selbst bestand aus dunklem Leder. Eingraviert war eine Unendlichkeitsschleife mit einer Fledermaus. Das Symbol der Vampire. Daneben war ein Löwenkopf abgebildet. Das Zeichen der primum maleficis.

»Es ist vollbracht. Silas besitzt keine Kräfte mehr«, bestätigte der weiße Löwe und Evolet entließ ihn. Er und sein Gefolge lösten sich in Luft auf.

»Bist du jetzt zufrieden?«, wisperte Silas und Evolet schüttelte den Kopf. Die primum maleficis hoben vereint die Hände und Silas schrumpfte. Sie stoppten erst, als er die Größe eines Gartenzwergs erreicht hatte.

»Wir verbannen dich in das ewige Moor. Den Kerker der übernatürlichen Welt. Du wirst nie wieder jemandem Schaden zufügen können«, erklärte Evolet. Sie setzte zu einem Hexenspruch an und die anderen Mitglieder des Zirkels stimmten mit ein.

»Fahrt zur Hölle!«, rief er wutschnaubend und wurde in die Luft gerissen. Sein letzter Blick galt meinem leblosen

Körper und es lief mir eiskalt den Rücken hinunter, bevor er geräuschvoll verpuffte.

Evolet ging zu Lorenzo und Mila. Sie kniete sich neben meinen aufgebahrten Körper und berührte meine Schultern.

»Helena, du bist jetzt in Sicherheit«, flüsterte sie. Ich ließ meine Lider sinken und zauberte mich zurück. Ich spürte, wie mein Geist in meinen Körper wanderte und beide Teile wieder miteinander verbunden wurden. Einen Wimpernschlag später schlug ich die Augen auf. Wir hatten es tatsächlich geschafft! Ich blinzelte ein paar Mal und Lorenzo half mir auf die Füße.

»Du bist frei. Wir alle sind frei!«, jubelte Mila und stürmte auf mich zu. Erleichtert umarmten wir uns. Währenddessen fiel mein Blick auf Lorenzo. Jegliche Anspannung war von ihm gewichen und er wirkte erlöst.

»Danke«, formte ich lautlos mit den Lippen. Mila ließ von mir ab und Lorenzo und ich nahmen uns in die Arme. Er drückte mich fest an sich und mir liefen Freudentränen über die Wangen.

»Danke, dass du meine Familie gerettet hast«, schluchzte ich.

»Das war das Mindeste, was ich für dich tun konnte. Außerdem haben die Hauptarbeit die primum maleficis geleistet«, erwiderte er leise. Nach unserem letzten Treffen hatte er sich auf den Weg zu den primum maleficis gemacht, um sie für unseren Plan zu gewinnen. Eine alte Freundin, die er ausfindig gemacht hatte, trug das Gründerblut ebenfalls zur Hälfte in sich. Sie verschaffte ihm einen Zutritt zum unendlichen Grab. Möglicherweise hätten wir Silas alleine festsetzen können, aber außerhalb des Waldes konnte ich meine Kräfte noch nicht benutzen und somit auch meine

Familie nicht vor Elisa schützen. Wenn Lorenzo den uralten Zirkel nicht in seiner ewigen Ruhe gestört hätte, wären die Ereignisse dieser Nacht wahrscheinlich anders verlaufen.

»Ich danke euch allen«, brachte ich strahlend hervor und Evolet nickte mir lächelnd zu.

»Ich habe über deine Familie einen Schutzzauber gelegt. Ebenso wie einst über Cyrian und Aron. Zu Lebzeiten wird ihnen kein Unheil angetan werden können. Weder von einem Menschen noch von einem Übernatürlichen.«

Wir gingen aufeinander zu und schlossen uns in die Arme.

»Auch wenn die Umstände besser hätten sein können, hätte ich niemals daran geglaubt, einen meiner Nachkommen noch einmal persönlich kennenzulernen«, fügte sie sanft hinzu.

Evolet hexte die eingefrorenen Übernatürlichen wieder in ihren Normalzustand zurück und klärte die Situation auf. Als sich die danach einsetzende Unruhe unter ihnen wieder gelegt hatte, ergriff sie noch einmal das Wort.

»Ich habe noch etwas zu verkünden, doch zunächst möchte ich mich an diejenigen unter uns wenden, die großen Mut bewiesen haben. Ich beginne mit dir, Lorenzo. Lass dir von jemandem wie Silas nichts einreden. Du bist ein hervorragender Prinz und wirst eines Tages einen ebensolchen König abgeben. Deine Ehrlichkeit und Toleranz haben dich bereits sehr weit gebracht. Es war eine Katastrophe, als Mila in den Wald zurückkehrte, aber Helena dafür der Weg in ihre Welt versperrt war. Du hingegen hattest wieder, was du wolltest, deine Schwester. Trotzdem hast du dich weiter für Helena eingesetzt und gekämpft, obwohl sie zu diesem Zeitpunkt noch ein Mensch war. Das rechne ich dir hoch an. Das übernatürliche Königreich kann stolz sein, jemanden wie dich in dieser Position zu haben.«

Die Menge brach in tosenden Beifall aus. Als er versiegte, wandte sich Evolet an Mila.

»Mila, auch dir gebührt nur Lob. Es würde den Rahmen sprengen, wenn ich sehr weit in die Vergangenheit ausholen würde, deshalb mache ich es kurz. Du bist eine tolle Fee. Dir hat man Dinge angetan, die man seinem schlimmsten Feind nicht wünschen würde. Ich bewundere an dir, dass du trotzdem nicht aufgegeben hast. Du gibst nach wie vor jedem eine Chance. Egal ob Tier, Übernatürlicher oder einem Menschen, wie du erst kürzlich bewiesen hast. Von Anfang an warst du Helena gegenüber aufrichtig. Du hast sie nie durch einen Zauber manipuliert, sondern ehrlich ihr Vertrauen erworben. Es ist eine Ehre, dass du an Lorenzos Seite das übernatürliche Königreich regierst.«

Abermals wurde mit lautem Applaus reagiert. Evolet winkte Cleopha zu sich, die unter den Rosenblättern hervorschwebte.

»Nun zu dir, liebe Cleopha. Auch du hast Großartiges geleistet. Du warst in den letzten Monaten mehr als nur eine Nachrichtenüberbringerin. Mit vollem Einsatz hast du uns, Lorenzo, Mila und Helena unterstützt. Wie Mila, bist auch du Helena stets unvoreingenommen begegnet. Auch in Zeiten der Modernisierung, in denen viele alte Kommunikationsmittel durch Handys oder andere technische Geräte ersetzt werden, brauchen wir Federn wie dich. Bisher habt ihr euch eher im Hintergrund gehalten. Ab heute soll sich das ändern. Ihr werdet eine eigene Gruppierung werden und ich ernenne dich zur Anführerin der Federn.«

In diesem Augenblick flogen hunderte Federn in die Luft. Cleopha selbst schlug verzückt Saltos und preschte jubelnd an unseren Köpfen vorbei, während wir klatschten und uns mit ihr freuten. Plötzlich ließ sie sich auf meiner Schulter nieder.

»Ich nehme diese Auszeichnung gerne an, aber nur wenn ich deine persönliche magische Feder auf Lebenszeit sein darf.«

Ich legte meinen Kopf schief.

»Es wäre mir eine Ehre«, sagte ich gerührt. Sie strich mir mit ihrem Flaum über den Kopf und Evolet räusperte sich.

»Einmal bräuchte ich noch eure Aufmerksamkeit. Ihr kennt nun alle meine Vergangenheit und wisst auch, welche Rolle Helena dabei spielt. Helena hat ihre Oma Johanna in der Kugel der Vergangenheit getroffen. Diese hat ihr erzählt, dass bis auf Cyrian und Elian alle meine Nachkommen, wie mein Sohn Aron, in der passiven Sphäre weiterexistieren. Ich teile euch hiermit mit, dass ich selbst nun auch dort hingehen werde. Nur so kann ich meinen Frieden finden.«

Ein Raunen ging durch die Menge. In den Gesichtern der Übernatürlichen konnte ich Mitgefühl und Verständnis erkennen. Evolet wandte sich schließlich an mich.

»Helena, du hast durch deine Taten Tapferkeit und Stärke bewiesen. Du bist eine Hexe, eine sehr mächtige noch dazu. Wie du weißt, könntest du jetzt aufbrechen und unversehrt durch die Grenze gehen. Doch vergiss eines nicht: Du könntest nicht mehr zu uns zurückkehren und alterst nur sehr langsam. Es wird Jahrzehnte dauern, bis man dich auf dreißig schätzt. In deiner Familie und deinem Umfeld hingegen werden sich die Spuren der Zeit bemerkbar machen. Wenn du jetzt den Wald verlässt, könntest du höchstens fünf Jahre bei ihnen bleiben, ohne dass deine Andersartigkeit auffällt. Die primum maleficis haben eine sehr hohe Lebenserwartung. Es würde bedeuten, dass du dich nie lange an einem Ort aufhalten und deine Familie irgendwann nicht mehr besuchen könntest. Und nach dem Tod deiner Angehörigen wärst du völlig auf dich allein gestellt. Überlege dir also deinen nächsten Schritt gut. Ich habe Lorenzo bereits eine Lösung vorgeschlagen. Ihr könnt es besprechen, wenn ihr alleine seid. Ich werde mich nun verabschieden. Da ich in die Zukunft sehen kann, weiß ich, dass du meinem Vorschlag zustimmen wirst. Mit dem Zirkel ist bereits alles vereinbart, du wirst meinen Platz einnehmen. Verneigt euch vor Helena. Sie ist die neue Anführerin der primum maleficis!«

24. Kapitel

Ein Jahr später ...
Evolet behielt Recht. Ich habe mich gegen einen Aufbruch entschieden und blieb im Wald. Für die Außenwelt war ich weiter das verschollene Mädchen, jedoch nicht für meine Familie. Bevor Evolet in die passive Sphäre aufstieg, weihte sie mich in den Zauber ein, der mich die Grenze durchbrechen ließ. So kann ich meiner Familie regelmäßig in Visionen erscheinen. Anfangs konnten sie es nicht fassen und sie glaubten zunächst, dass ich wirklich lebte, als ich sie weitere Male besuchte. Behutsam erzählte ich ihnen nach und nach, was mir widerfahren war. Auch, dass ich Oma getroffen hatte. Meine Eltern und Opa bedauerten es aufrichtig, dass sie mich in jener Nacht nicht geholt hatten, als sie starb, aber schließlich konnten sie wirklich nicht ahnen, was von diesem letzten Wiedersehen Bedeutendes abhing. Meinem Vater tat es leid, dass er seiner Mutter nicht geglaubt hatte, als sie ihm von der Gründerblutlinie berichtete, aber ich versicherte ihm, dass sie es ihm nicht übelnahm. Nach und nach gewöhnten sie sich auch daran, dass ich eine Hexe war, und an die Sache mit den anderen Übernatürlichen. Recht bald schaffte ich es und schloss Lorenzo, Mila und Cleopha in meine Visionen mit ein. Von Beginn an wurden sie herzlich in meiner Familie aufgenommen und begleiteten mich fortan.

Leopold und Sophia betreiben weiterhin, auf meine Ermutigung hin, ihr Hotel in Italien. Der Kontakt zwischen ihnen und meinen Eltern war zwar nach wie vor eher zurückhaltender Natur, aber dennoch war der Ton schon eine Spur freundlicher geworden.

Cleopha war über ihre neue Aufgabe überglücklich und setzte sich mit vollem Eifer für sich und die anderen Federn ein. Sie bekam einen Platz im Rat und war auch sonst ein häufiger und gerngesehener Gast bei uns im Schloss.

Meine Bindung zu Mila vertiefte sich. Uns verband mehr als nur eine innige Freundschaft. Wir wurden wie Schwestern. Sie züchtete neue Gemüsesorten und verbrachte neuerdings äußerst viel Zeit im Feengarten. Der Grund war eine männliche Fee ...

Und Lorenzo und ich, wir waren glücklich. Damals, nach der furchtbaren Nacht, dauerte es eine Weile, bis wir uns davon erholten. Als der erste Schock vorüber war, zeigte mir Lorenzo beinahe jeden Winkel des übernatürlichen Königreichs. Ich lernte unzählige faszinierende Dinge, Orte und Wesen kennen. Ich wurde überall offen und herzlich aufgenommen. Wo immer ich auftauchte, begegnete man mir mit Freundlichkeit. Die Mitglieder der primum maleficis waren dankbar, dass ich die Führung des Zirkels übernahm, denn sie wollten sich weitestgehend vom aktiven Leben zurückziehen. Nun, ein gutes Jahr später heirateten Lorenzo und ich in der Kirche in meinem Dorf, damit meine Familie dabei sein konnte. Ich musste den Zauber ein bisschen erweitern, damit die Nachbarn davon nichts mitbekamen. Alle meine Verwandten hatten sich feierlich versammelt. Opa, meine Eltern, Kathi, Felix, Leopold, Sophia, außerdem natürlich Cleopha und Mila. Die Übernatürlichen verfolgten die Trauung auf einem Hologramm mit. Ich sah mich ergriffen um. Niemals hätte ich gedacht, als ich damals von den Silvesterböllern geweckt wurde, dass dieser Tag, an dem alles begann, mein Leben so verändern würde. Manchmal muss man neue Schritte gehen, um einen Weg zu finden. Seinen eigenen Weg vor allem. Als die Zeremonie beendet war und meine Verwandten auf dem Weg nach draußen waren, um den Empfang zu Hause vorzubereiten, wandte ich mich an Lorenzo.

»Lang lebe der König«, sagte ich leise und hörte ein Echo aus der übernatürlichen Welt.

»Lang leben der König und die Königin.«

ANNA MATHEIS ist 1993 geboren. Sie lebt mit ihren drei jüngeren Brüdern, Eltern, Partner, Kater und Kühen in einem Dorf südlich von München. 2014 hat sie eine Ausbildung zur Erzieherin, an einer Fachakademie für Sozialpädagogik, erfolgreich abgeschlossen. Neben der Schule und später dem Beruf hat sie schon immer gerne geschrieben. Begonnen hat sie mit ausführlichen Tagebuchberichten und schließlich die erste eigene Geschichte erfunden, als der Lesestoff im Italienurlaub mit den Großeltern aufgebraucht war.
In ihrem Debütroman »Die magische Feder« sind die Leser herzlich dazu eingeladen, ihre Gedanken auf die Reise zu schicken und in einem Hotel einzuchecken, dessen Lage ein gefährliches Abenteuer bereithält ...